Alia Cardyn

L'ENVOL

Roman

CHARLESTON

LES LECTRICES ONT AIMÉ !

« Dans *L'envol*, j'ai aimé la réflexion faite autour de la relation père-fille, et plus largement, la réflexion autour de l'amour paternel. » Marion, du blog *Loeildem*

« Alia Cardyn raconte le manque d'amour sous toutes ses formes. Entre parents et enfants, entre maris et femmes, entre amants, elle explore toutes les facettes avec une écriture à la fois légère et précise. (...) Un roman profondément touchant. » Christelle, du blog *Christlbouquine*

« L'écriture d'Alia Cardyn est envoûtante. *L'envol* est avant tout l'histoire des membres d'une famille qui n'arrivent pas à exprimer leurs sentiments et qui, par leurs silences, laissent place à des blessures qui les suivront tout au long de leurs vies. » Adeline, du blog *Adeline au pays des livres*

« *L'envol* est un roman sur la (dé)construction de soi. J'ai particulièrement aimé la forme épistolaire qui dynamise la narration et ajoute une certaine proximité avec les personnages. » Joanna, du blog *Comme un roman*

Pour en savoir plus sur les Lectrices Charleston, rendez-vous sur la page www.editionscharleston.fr/lectrices-charleston

29 boulevard Raspail
75007 Paris – France
www.editionscharleston.fr

ISBN : 978-2-36812-345-4

Maquette : Patrick Leleux PAO

Pour suivre notre actualité, rejoignez-nous sur Facebook (Éditions.Charleston), sur Twitter (@LillyCharleston) et sur Instagram (@LillyCharleston) !

À Clémence, Ségolène et Antoine.

« Il faut tout un village pour élever un enfant. »
Proverbe africain

PROLOGUE

27 juillet 2014

Ce soir, ils sont cent à la fête donnée par Barnabé Quills.

Alors que les plus audacieux, allongés sur l'herbe ou appuyés contre un arbre, embrassent leur prochain amant, la plupart sont sur la piste de danse. Par instants, les faisceaux lumineux éclairent leurs corps parfaits, chaque forme fine collée à un buste ferme. Ils se meuvent au son des basses, lèvent les bras et le spectacle de ces mains tendues vers le ciel échauffe encore la foule. Sublimes, ils scandent le rythme et ne forment plus qu'un. Des mouvements en cadence car ici comme dans la vie, ils vivent à l'unisson. Ils ont toujours été un, adolescents, enfants et même avant d'avoir existé, leurs parents n'étaient qu'un et leurs grands-parents avant eux, le poids des générations les poussant vers cette union que nul ne peut refuser. Dans leur berceau douillet, au milieu des broderies ton sur ton, ils savent déjà. Ils babillent, hypnotisés par un mobile aux couleurs pâles, mais ils babillent élégamment.

Élevés dans la petite ville côtière de Black, ils grandissent en regardant cette mer folle, seule rébellion apparente dans une existence exemplaire.

Comme chaque année, à onze heures, ils se pressent pour admirer le feu d'artifice, enlacés à leur conquête du jour.

Lui vient de la quitter. Cette soirée devait être la leur, mais c'est seule qu'elle parcourt le velours rouge qui mène les invités de la somptueuse demeure au jardin suspendu au-dessus de l'eau. Ce fait pourrait passer inaperçu. Finalement, une rupture n'est-elle pas banale pour tous ceux qu'elle ne concerne pas ? Pourtant, quelques-uns la suivent du regard. Ici, une séparation n'est pas le lot des seuls amoureux, elle appartient à chacun. Un couple se brise et c'est toute la toile que l'on s'empresse de tisser à nouveau.

Le regard rivé sur l'eau au loin, la jeune fille avance avec grâce et détermination. Elle ne semble pas remarquer ceux qui l'observent. Tout en accélérant le pas, elle replace sa coiffure d'un geste de la main et baisse la tête. Alors, seulement, ils se tournent vers l'attraction suivante.

Les convives se rapprochent, passent un bras sur une épaule, sourient à l'être aimé. En silence, ils lèvent les yeux, prêts à être une nouvelle fois soufflés par un panorama en furie. Depuis ce point surplombant l'océan, le spectacle des explosions colorées est sensationnel. Non seulement, les dessins lumineux se forment dans la nuit étoilée, mais ils viennent mourir dans l'eau, toile aux mille touches, scène troublante que cet horizon en constante conversion.

Ce soir, ils étaient cent à s'émerveiller dans ce décor de rêve. Cent à lever les bras telle une forêt vibrante balayée par les spots lumineux, cent à être happés par l'énergie électrique d'une foule en délire, cent à célébrer, comme chaque 27 juillet, la légende de Black.

Le feu d'artifice s'élève maintenant en une chorégraphie minutieusement agencée. Le ciel convoque l'attention de tous et personne ne voit celle qui a commencé à courir, débarrassée de ses escarpins précieux. Soudain, l'un d'eux échappe à la transe commune et l'aperçoit. Il pousse un cri et les autres cherchent, avant de la repérer aussi.

En quelques secondes, le spectacle lumineux est délaissé au profit d'un autre. Tous les regards convergent désormais vers celle qui court pieds nus devant eux sur cet aplomb de terre. Les plus optimistes s'élancent dans sa direction. En mocassins élégants, ils dérapent sur le gazon humide et déploient leurs bras pour éviter la chute. C'est une scène aussi tragique que cocasse que de voir ces gentlemen lutter pour leur équilibre dans une course au ralenti. Ils persévèrent, mais elle est déjà loin.

La soie bleue lumineuse glisse sur l'herbe et enveloppe ses mouvements. Une brise se lève, gonfle l'étoffe de sa robe et transforme cette course fatale en un étrange ballet. Quelques mètres seulement la séparent encore du vide, de la chute, de sa fin. Tous ont saisi la scène qui se joue sous leurs yeux, celle d'une souffrance si grande que seule la mort peut l'apaiser.

D'un geste souple, telle une athlète qui s'apprête à battre un record, elle pousse sur son pied, le dernier à terre, et décolle dans la nuit. Un instant, elle semble voler, le doigt tendu vers les cieux, proche de toucher l'artifice en déclin.

Impossible de détourner le regard de la silhouette bleue, de cette chevelure blonde qui résiste quelques secondes à la gravité. On espère en vain parce que l'espoir est tout ce qu'il nous reste devant ce spectacle terrible. Chacun retient son souffle, les mains se crispent autour d'un bras, d'une taille, de tout ce qui rappelle l'humanité.

Ils étaient cent ce soir, mais maintenant Théa a sauté.

PARTIE I

Le 27 juillet 2010
Quatre ans plus tôt

« On est de son enfance comme on est d'un pays. »
Antoine de Saint-Exupéry

Légende de Black

Avant, il n'y avait rien.
Aujourd'hui, il y a tout. Nous avons tout.
Et ce tout contient une liberté infinie.
De rester ici ou de partir.
De naître, de grandir, de mourir.
De marcher longtemps, de s'arrêter, de pleurer, de crier, de rire aussi.
Si avec le temps, votre être s'est figé, le 27 juillet vous offre une opportunité.
Celle de naître à nouveau.

1

Le journal de Théa

C'EST DÉSORMAIS INÉLUCTABLE. Pour vivre, je dois vous raconter mon histoire.

J'ai pourtant tenté de contenir tout cela. Tant de fois, j'ai essayé de m'en distraire, de me ressaisir, de tenir bon. Avec le temps, tout passe. Sauf que non. Pas ici. Avec le temps, je deviens folle et je ne peux plus l'ignorer. Je dois parler, prononcer les mots à voix basse pendant que ma main gauche s'active à les coucher sur le papier.

J'ai retrouvé ce journal, cadeau de mon père, une énième tentative d'agir comme un parent ordinaire et d'offrir à son adolescente le confident nécessaire. Comme pour tous ses présents, il a atterri dans le placard du dressing, glissé entre une écharpe rouge vif et un roman historique. C'est le sort que je leur réserve. Sourire poliment, dire merci puis enterrer le cadeau avec les autres. Que mon père n'ait jamais remarqué mon manège ne me surprend qu'à moitié. Pour comprendre, il faut le connaître. Il faut connaître notre histoire.

N'est-ce pas toujours ainsi ? Le jugement naît de l'ignorance. L'autre est ce mystère qui peut être élucidé par un récit. On juge et on croit tout savoir jusqu'à ce que l'émotion surgisse. Parfois, j'imagine un monde où nous nous baladerions tous avec notre histoire à la main, qui expliquerait nos choix, nos actes. La vie serait sans doute plus simple si nous comprenions l'autre, car en dépit de nos différences, nous sommes tellement semblables.

Voici donc mon histoire, celle qui explique qui je suis. Ou plutôt celle que je suis devenue.

Longtemps, j'ai songé que ma seule issue était d'abandonner et de me fondre parmi les autres, petit automate incapable d'exister autrement. Puis, il y a eu ce moment, ces quelques secondes qui changent tout. La grâce n'a besoin que d'un instant pour faire son œuvre. Elle se matérialise dans un souffle, un regard, un baiser. Une seconde pour que la vie prenne ce tournant aussi violent qu'essentiel. Je m'apprêtais à devenir une ombre quand soudain, il m'a été possible d'être moi.

Lentement, il effleure mon bras. Ses doigts glissent de mon épaule à mon coude pour saisir enfin mon poignet. Ses yeux fixent l'écusson brodé de mon pull d'uniforme, une façon sans doute de se donner du courage. Son pouce caresse maintenant ma main avec une douceur désarmante. Je l'observe, en proie à ses hésitations. J'ai envie de l'aider, de presser sa main dans la mienne, d'avancer ne fût-ce que d'un millimètre, de lui offrir n'importe quel signe d'encouragement, mais je reste immobile.

J'ai toujours été comme cela dans les moments importants. Statique, figée, glacée. Il fait trembler mon existence et moi, je suis incapable de bouger.

C'est ce baiser qui m'a convaincue d'essayer. Même s'il n'existe qu'au creux de la nuit, dans un rêve dont le réveil m'a lavée, c'est ce baiser qui me porte.

Et la vie pour moi commence ici, avec mon histoire.

2

Le 27 juillet 2010, 7 heures 30

MADELEINE SE PRESSE autour du lit de Théa.

— Théa, il est temps de te lever ! répète la gouvernante.

Pour toute réponse, la jeune fille se retourne, contraignant Madeleine à faire le tour du lit. Pour une raison bizarre, il lui est plus facile de s'adresser au visage de Théa, même endormi, qu'à son dos.

— Ce n'est pas une blague. Il est sept heures passées ! insiste-t-elle, agacée.

Madeleine se gratte l'arrière de la tête. Comment parvenir à la sortir de son lit ? Ce n'est pas comme si elle manquait d'expérience. En vingt ans de services, elle en a eu des défis à relever ! Pourtant, elle est prise de ce léger tremblement, celui qui annonce que le calme l'abandonne. Cette satanée main gauche qui tressaille, ça la prend à chaque fois qu'elle est nerveuse. Pour dissimuler cette faiblesse, elle glisse sa main dans la poche de son tablier.

Ce n'est pas comme si c'était sa seule tâche de la journée ! Monsieur Vogue va encore dire qu'elle traîne, que l'âge la ralentit et toutes ces bêtises qu'il dit à voix basse, croyant ces mots cinglants hors de sa portée. Mais celle qui brique entend tout. Les murs ont beau être épais, le parquet et les hauts plafonds font leur office, portant les mots plus loin que nécessaire. Alors, elle continue de frotter, un peu plus fort sans doute, pour évacuer la colère qui la gagne. Madeleine sait que cet homme-là a besoin de critiquer, elle a bien compris qu'il fallait que quelqu'un endosse le rôle de bouc émissaire et qu'il lui revient en plus de tous les autres. Elle est à son service après tout. Pour cela autant que pour le reste. Et le fait d'avoir torché les fesses de son enfant, essuyé ses bêtises, nourri, lavé, consolé n'y changera rien. Pas une seconde il ne se demandera si Madeleine ralentit vraiment ou si c'est un exutoire à sa frustration. Même si elle connaît les règles du jeu, elle reste sensible à ces plaintes injustes.

Alors, elle s'inquiète devant Théa qui ne bouge pas. Elle s'interroge sur les limites. C'est vrai au fond, jusqu'où est-elle autorisée à aller pour accomplir sa mission ? Arthur Vogue n'a lancé qu'un vague : *Allez réveiller Théa, voulez-vous ? Elle devrait être debout depuis longtemps !*

Elle regarde les mains que la jeune femme a rassemblées sous son visage et songe à toutes les fois où celles-ci se sont agrippées à son cou. Elle remonte le fil des souvenirs et pense à ce front chaud qui la pressait de consulter le docteur ou encore à ce bébé endormi, petit corps abandonné contre elle qui n'aurait jamais d'enfant.

Toutes ces images lui donnent le sentiment d'être une mère face à son petit et lui intiment d'agir comme telle. Elle voudrait l'approcher, la toucher, même si ce geste semble exclu. Elle pourrait la secouer un peu, passer le bras de la jeune femme sur ses épaules fatiguées, faire quelque chose de ce corps immobile !

Agir plutôt que de rester impuissante devant l'angoisse qui croît, devant ce temps qui passe sans rien accomplir.

3

Lettre de Jill Vogue à sa fille Théa, datée du 3 janvier 2000

Ma Théa,

Je suis née à New York le 2 février 1965.

Quelle façon banale de débuter une histoire ! L'émotion qui m'envahit au moment de prendre la plume me contraint aux formules toutes faites. Je les déteste et voici qu'elles s'imposent ! Ces petites phrases qui dissimulent la vérité, la nôtre et celles des autres, les enfouissant sous une couche de bienséance. N'as-tu pas remarqué comme elles se multiplient et ponctuent le quotidien ? Des banalités alors qu'il y a tant à vivre ! Mais je m'égare… Sans doute, parce que j'ignore par où commencer.

Aussi loin que je me souvienne, j'ai toujours eu envie de m'envoler.
Petite, assise à la table familiale, mon esprit s'évadait par la fenêtre entrouverte, avide d'explorer le monde, loin des

déjeuners moroses. Chacun me croyait en train d'écouter la voix grave de mon père, cet homme à la moustache parfaitement taillée, alors que j'étais ailleurs, avec les fées, les princesses et plus tard, avec tous les personnages disposés à se plier à mes scénarios.
Mon corps devait rester fixe, le dos droit, les coudes serrés, les mains sur la table, mais nul n'avait de pouvoir sur mon esprit. C'est là même que j'ai apaisé ma soif de liberté. Lorsque mon père réalisait parfois que mon attention ne lui appartenait plus, il tapait du poing sur la table et la vibration me ramenait au réel avant même que le son sourd ne parvienne à mes oreilles. Le bois qui tremble. Un détail pour n'importe qui. Pour moi, il signifiait la fin du rêve, le retour aux contraintes. Se taire, manger, baisser le regard.
Malgré tout, je mesurais mon privilège : je n'étais pas comme eux.
Je crois que les êtres ne naissent pas tous égaux, que certains sont bénis dès le départ. Je me sentais bénie malgré les cris de mon père et les silences de ma mère, bénie même si dans ma maison, l'on ne pouvait pas chanter, rire ou pleurer. Mes parents évoluaient le regard éteint, les épaules basses, passant d'une obligation à une autre, les commissures des lèvres suspicieusement sensibles à la gravité. Moi, j'étais dotée d'une énergie infinie.
Les enfants perçoivent avec précision leur univers, cette somme de non-dits, ces remarques sifflées les lèvres pincées. Pour ne pas en être exclue, je devais intégrer les codes de mon clan. Le seul moyen de me protéger du rejet que ma différence risquait de susciter était de me fondre dans la masse. Je devais dissimuler cette ardeur, cette vie qui me poussait à me dresser malgré tout. Alors flanquée de mon secret, je m'astreignais à imiter les miens.

Malgré mes efforts, je ne suis jamais parvenue à leur ressembler. La vraie nature est indomptable et la mienne se débattait. Même silencieuse, mon regard ne trompait personne.

Et toute mon histoire a pris sa source là, dans cette différence. N'en va-t-il pas de même pour chacun d'entre nous ?

Ta maman qui te regarde dormir

4

Le journal de Théa

CHAQUE 27 JUILLET, Barnabé Quills organise une soirée pour célébrer la légende de Black.

L'origine de cette légende est assez vague, mais les habitants de notre ville y sont tous très attachés. Dans les foyers, on lit ou on raconte avec ses propres mots le message qu'elle contient. Réunis autour du petit déjeuner, on échange, on argumente, on s'en inspire pour avancer.

Chez nous, la légende se transmet intacte, à la virgule près. Une décision de mon arrière-grand-père qui l'a consignée dans un livre à la dorure vieillie. Il craignait que la seule transmission orale ne porte atteinte à la beauté du récit.

La coutume veut que ce soit l'aîné de la famille qui relate la légende aux autres. Au milieu des croissants et des cafés fumants, la voix prend alors un ton grave, empreint de solennité et quel que soit le foyer, la légende commence toujours par ces quelques phrases :

« Avant, il n'y avait rien. Aujourd'hui, il y a tout. Nous avons tout.

Et ce tout contient une liberté infinie.

De rester ici ou de partir.

De naître, de grandir, de mourir.

De marcher longtemps, de s'arrêter, de pleurer, de crier, de rire aussi.

Si avec le temps, votre être s'est figé, le 27 juillet vous offre une opportunité.

Celle de naître à nouveau. »

Dans notre petite communauté de Black, les conversations s'interrompent le temps de la réflexion. Chacun évalue sa vie à l'aune de ces paroles et envisage le renouveau dont il est capable. Pour la plupart, il s'agit davantage d'une discussion intéressante que d'une remise en question profonde.

Pour moi, c'est différent.

Cette tradition me fascine. Ces mots dans cet ordre-là forment une formule magique à laquelle je crois.

Ce matin comme souvent, je suis seule à table mais peu importe, je me saisis du vieux livre et débute la lecture à voix haute. Même si je connais le texte par cœur, mes yeux suivent scrupuleusement l'écriture de mon arrière-grand-père. J'aime la façon dont il esquisse les boucles allongées, ces l, ces f ou ces g, tel un élève modèle. À l'heure des ordinateurs, retrouver ce texte manuscrit amplifie encore le parfum de légende qui l'entoure. J'effleure les lignes dont le bleu a pâli et d'un doigt, je suis chaque mot prononcé. Cela m'aide à contenir les émotions et les souvenirs qui m'envahissent inévitablement.

Tout en lisant, j'essaie de percevoir le mot qui me touche le plus. Chaque année, un mot résonne plus que les autres. C'est lui qui guidera ma réflexion. Je le note dans un carnet dans lequel je consigne l'impact de la légende sur ma vie. Cette pratique me rassure, ces pages sont la preuve de mes efforts, la preuve que si rien ne change, ce n'est peut-être pas de ma faute.

Cette année, j'ai choisi le mot « liberté ». En le prononçant, mon ventre s'est serré comme s'il cherchait à se protéger d'un coup de poing.

Si j'observe mon quotidien avec la distance nécessaire, le constat est troublant. Je croyais mener une existence normale, mais lorsque je mets bout à bout les épisodes de celle-ci, ils ont un point commun. Quel que soit l'endroit où je me trouve, ce que je fais, les personnes que je côtoie, cette constante m'étouffe. Je ne me sens pas à la hauteur. Je m'échine à la tâche, je m'épuise, tel un hamster qui dans sa roue court sans fin. Malgré tout ce que je pourrais faire de bien, un sentiment d'insatisfaction me colle à la peau. Pour qui ? Pour quoi ?

Plus que tout, je ne me sens pas à la hauteur de la tâche qui m'attend. Il faudrait quelqu'un d'autre pour l'accomplir. Une personne forte et audacieuse, mais malheureusement cette tâche ne compte que pour moi.

5

Le 27 juillet 2010, 8 heures

Barnabé Quills est un champion. À croire que cet homme est né pour exceller. Il serait erroné d'affirmer qu'il ne vit que pour cela, car sa performance, il la subit. Elle s'impose comme par magie. À Black, chacun pense d'ailleurs que tout lui réussit.

C'est avec cette assurance qu'il est planté sur la terrasse et contemple les équipes s'activer. Certains dressent les tables, d'autres ornent de fleurs ce qui peut l'être, adaptent l'éclairage ou déposent des photophores pour égayer la nuit à venir. Barnabé regarde sans contrôler, reste plus par devoir que par envie, une façon de soutenir son personnel. Ils connaissent la disposition des lieux et le tour qu'ils doivent prendre pour le grand soir. Ils ont répété ces gestes des dizaines de fois et leurs mouvements s'apparentent plus à une chorégraphie qu'à la mise en place d'une réception.

En homme constant, Barnabé ne demande rien d'autre que la réplique exacte de la fête précédente. Le même faste, ni plus ni moins. Dès la première année, il l'avait annoncé, les engageant à prendre notes, croquis ou photographies afin de simplifier leur travail pour les 27 juillet suivants. Barnabé Quills est comme cela ; capable de choisir dans l'instant, de se projeter et de prendre avec aisance des décisions sur plusieurs années.

Le matin du premier 27 juillet, il avait déclaré joyeusement :

— Cette fête aura lieu chaque année ! Et chaque année, je souhaite qu'elle ressemble à ce que nous avons élaboré.

— Et vous ne voulez pas adapter un peu la décoration ? Proposer des thèmes ? s'était aventuré le décorateur en chef.

— Pourquoi donc changer ? Concevons une splendeur dès le départ, une splendeur que chacun aura plaisir à retrouver ! Nous aurons alors une année pour oublier les détails et nous réjouir à nouveau ! avait répliqué Barnabé avec un sourire enfantin.

Aujourd'hui, même s'ils n'ont pas besoin de l'assistance du maître des lieux, celui-ci s'attarde, encourage, remercie. Il reste là, les bras le long du corps, tel un pantin inutile au milieu de ceux qui s'affairent. Ceux qui passent devant lui le saluent, juste ce qu'il faut pour être poli sans risquer un excès de familiarité et Barnabé les salue en retour. En pensée, il est déjà loin. Il songe à ce soir, à la magie de cette fête et, dans ses rêves, ce ne sont pas les nombreux invités qui s'animent, mais, telles les eaux de Moïse, la foule se disperse pour ne laisser place qu'à un visage, celui de l'élue, celle qu'il contemple avec envie depuis plusieurs mois. Céleste.

La première fois qu'il l'a aperçue, Céleste était assise à une table du restaurant *Chez Joe*. Cet endroit est célèbre à Black pour ses pizzas et l'accent italien cultivé de père en fils avec une détermination touchante. Ce soir-là, Barnabé ne peut voir que son dos et ce chignon haut qui met en valeur une nuque gracieuse, des épaules délicates et un teint lumineux. À Black, tout le monde se connaît, mais cette nuque-là, Barnabé ne l'avait encore jamais remarquée. Bien sûr, elle en évoque une autre, ce qui fait certainement en partie son attrait, mais cette autre n'est plus là. Il ne peut que la chercher, l'espérer, la faire exister par instants, dans un détail du quotidien.

Alors que ses enfants élaborent leurs projets pour le week-end, Barnabé observe la jeune femme, acquiesçant distraitement aux exigences d'Amélia et Lancelot, ses aînés. Joséphine, elle, se tait. La benjamine est plus réservée et son silence lui permet de voir ce que le bruit des autres dissimule : le regard de son père sur une autre femme. Même si elle sait qu'elle peut compter sur la maladresse de son père en amour, elle redoute ces moments. Joséphine n'a jamais accepté le divorce de ses parents et sa gorge se noue à l'idée que sa mère soit un jour remplacée.

Trop absorbé par ses pensées, Barnabé touche à peine sa pizza. Il se demande comment l'approcher. Est-elle seulement libre ? Ce n'est pas parce qu'elle mange seule qu'il n'y a personne dans sa vie. Doit-il lui offrir un verre, comme dans les films ? C'est tellement commun. Et puis, comment peut-il être séduit sans connaître son visage ? C'est croire qu'on ne peut porter un chignon avec tant de grâce que s'il est l'allié d'un regard, d'une bouche, de pommettes hautes.

Quel rêveur, ce Barnabé !

Tout poète qu'il soit, ce soir-là, il est longtemps resté assis, délaissé par son assurance, pas vraiment avec les siens, pas non plus avec elle, dans cet entre-deux-mondes connu des indécis.

6

Lettre de Jill Vogue à sa fille Théa, datée du 25 janvier 2000

Ma chère Théa,

La vie me contraint à t'écrire ces lettres pour te raconter l'essentiel. Sur moi, sur toi, sur la vie, sur ce que j'imagine qu'il faut savoir pour qu'elle soit heureuse.
Malheureusement, mes trente ans compliquent l'exercice. Comment une expérience aussi courte peut-elle offrir une quelconque sagesse ? Pourrait-on partir du principe que je ferai de mon mieux, qu'ici je te livrerai ma vérité, imparfaite comme toutes les vérités qui poussent sur Terre ?
De mon enfance, j'ai très vite voulu m'échapper. Je voulais fuir ce foyer, ces gens si différents et je n'avais pour cela qu'un seul moyen : grandir. C'est l'unique porte de sortie pour les enfants qui souffrent. J'avais saisi cela très tôt et en avais fait ma priorité. En dépit des contraintes temporelles et physiques, je grandissais là où je pouvais, accumulant les savoirs, me dépassant autant que possible, m'inspirant de ceux qui avaient déjà pris leur envol.

L'été de mes huit ans, nous avons déménagé à Black. New York, aussi moderne qu'électrique, avait peu à peu été désaimée par mes parents, bloqués, eux, dans un autre temps. À la sortie de l'école, le dernier jour de l'année scolaire, mon père avait simplement déclaré que notre prochaine rentrée aurait lieu à l'école de Black, nous laissant le soin d'en déduire un déménagement imminent. Quelques jours plus tard, les caisses s'empilaient déjà dans le grand hall, confirmant notre intuition.

Il est fascinant que mes parents n'aient même pas songé à nous inclure dans ce cheminement, comme si nous ne valions pas plus que des meubles, juste bons à être trimballés au gré de leurs projets. Ne pouvaient-ils pas au moins nous permettre de dire au revoir à nos amis ? Comment pouvions-nous nous volatiliser ainsi, pour eux comme pour nous ? Brutalement, à l'image de mes parents.

Il aurait fallu pour cela qu'ils s'intéressent à nous. Ou même qu'ils comprennent les mécanismes de notre société, qui poussent les gens à se rencontrer, se lier et souvent à s'aimer. Eux vivaient à part, repliés sur leur morale, étouffés par leurs principes, secs comme du pain rassis. Comment pouvait-on vénérer autant un dieu et sa religion et l'incarner si peu ? C'était hallucinant à observer, toutes ces bonnes paroles, ces mots dont l'essence ne prenait jamais vie ! Petite fille, j'étais la spectatrice impuissante de cette folie naissante, de cette schizophrénie latente. Ne s'écoutaient-ils donc pas parler ? Bien entendu, ils m'enseignaient des règles, à la pelle, même ! Mais un enfant apprend surtout en regardant les siens et leur existence ne m'apprenait qu'une chose : on peut grandir double, imposer sans même comprendre, exister sans vivre.

Nous ne connaissions rien de Black. À l'initiative des aînés de la fratrie, nous avions ouvert le vieil Atlas pour au moins la situer sur une carte. De mauvaise grâce, mon père avait tendu le doigt sur une région, prétextant qu'il avait mieux à faire. Black était donc là, au milieu de tous ces autres

noms, au bord de cette étendue bleue. Patiemment, nous avions parcouru toutes les villes répertoriées en miniature pour enfin découvrir la nôtre, ces quelques lettres qui deviendraient bientôt notre quotidien. Black.
Pour nous réconforter pendant cet été d'attente, nous avions créé un jeu consistant à nous exprimer comme si nos valises étaient déjà là-bas. Il est surprenant de voir combien les enfants peuvent s'exclure de la souffrance imposée par les adultes. Nous allions perdre notre école, nos amis, notre univers et néanmoins, nous trouvions le moyen d'en rire.
« Où est-ce que j'habite ? Oooh dans la merveilleuse petite ville côtière de Black ! » articulait ma grande sœur sur un ton emprunté.
« Oui, je vis à Black depuis quelque temps ! » essayais-je à mon tour pour participer à l'enthousiasme de la fratrie.
« Oui, en effet, je suis une nouvelle recrue de l'équipe de natation du collège de Black », assurait mon frère, le sourire aux lèvres.
Nous inventions ce quotidien qui ne nous appartenait pas encore, nous le rêvions meilleur que ce qu'il serait sans doute, car le rêve était la seule énergie dont nous disposions pour tenir. Rêver pour supporter ce réel qui nous maltraitait.
Dans notre monde imaginaire, nous étions des champions. Là, personne ne nous aurait contraint à plier bagage sans même nous autoriser un adieu. Là, nous n'étions pas les fantômes que nos parents fatigués tentaient de dresser. Nous étions nous, enfants flamboyants, éblouissant les habitants de Black de nos gloires !
J'avoue avoir conservé cette stratégie longtemps. Rêver d'un futur meilleur a souvent gonflé mes ailes.
Et de rêve en rêve, j'ai avancé vers toi.

Ta maman qui te regarde grimper dans un arbre (non sans une certaine appréhension)

7

Le 27 juillet 2010, 8 heures 15

— C'EST BRUTAL, tu ne trouves pas ?

— Laisse-moi juste le temps d'émerger... répond Charlotte en bâillant.

La jeune femme cale son téléphone entre l'oreille et l'épaule, rejette ses couvertures et se redresse dans son lit. Inutile de songer encore à dormir, elle sait d'avance quand Jane ne lâchera pas une conversation. Un bruit diffus provient de l'étage inférieur, quelques voix d'enfants et une tonalité plus grave qui semble dominer. Charlotte s'enfonce un peu plus dans les grands coussins moelleux dont elle a garni le lit. *Encore un caprice,* avait remarqué son mari. *Moi, j'appelle cela des coussins,* avait-elle rétorqué, *mais si tu veux appeler cela des caprices, la langue est en évolution constante, avec un peu de volonté, peut-être auras-tu tes chances à la prochaine édition du dictionnaire !* Comme à chaque fois, son humour avait contenu toute polémique.

— Je t'appelle à un mauvais moment ? Ne me dis pas que tu dormais encore ? s'exclame Jane.

— J'avoue… marmonne Charlotte. C'est quand-même agréable, ce concept de nuit, tu ne trouves pas ?

— Mais, enfin, il est plus de 8 heures ! On est le 27 juillet ! Tu ne te prépares pas pour la grande fête de Barnabé ? s'exclame Jane.

— Ma chérie, il est en effet à peine plus de 8 heures. Il me reste donc approximativement dix heures pour enfiler une robe, passer une brosse dans mes cheveux et esquisser un vague maquillage pour un résultat convenable ! Chacun choisit sa méthode ! Moi, je choisis de parfaire mon éclat avec… un peu plus de sommeil !

— Quel laisser-aller, Charlotte ! Nous n'avons plus vingt ans ! Allez debout ! Je t'ai réservé un rendez-vous chez le coiffeur à 9 heures précises, ordonne une Jane énergique. À côté de ta fabuleuse copine, cela passera plus vite, non ?

— Je n'en suis pas sûre, gémit Charlotte. J'aime aussi le silence, tu sais !

Charlotte sourit en imaginant la tête de son amie.

— Très drôle. Avec tout cela, tu ne m'as toujours pas répondu ! C'est quand même dur d'être réveillée en sursaut alors que j'étais si… proche du but !

— Oui, je vois exactement ce que tu veux dire, ironise Charlotte.

Jane fait mine de ne pas comprendre et poursuit :

— Quel rêve incroyable ! Nous étions dans un ascenseur sans porte et j'étais tellement attirée par lui que je n'avais même pas le vertige ! Tu imagines ? Être à ce point absorbée par l'autre, coulée dans ses bras… Oh voilà que j'invente des expressions ! C'est énervant de ne pas pouvoir mieux te décrire les choses…

— Ne t'inquiète pas, c'est limpide… l'interrompt une Charlotte rougissante.

— C'était un élan à la fois innocent… et diablement voluptueux ! Ses lèvres étaient collées aux miennes et j'allais m'abandonner à ce magnifique inconnu, aux traits néanmoins fort semblables à ceux du professeur de surf de mon aîné quand… le mot *pipi* a fait irruption… Tu me connais, je n'allais pas m'avouer vaincue pour un détail !

Tout en discutant, Jane scrute son visage dans le miroir. Elle passe une main dans sa chevelure, s'approche de son reflet pour inspecter qu'aucun cheveu blanc n'a poursuivi sa course jusqu'à être visible de tous. Non, tout est impeccable. Sa peau de rousse, qui jadis exigeait des kilos de crème solaire, lui rend bien tous ses efforts passés, bombée comme celle d'une gamine de vingt ans. Ses taches de rousseur accentuent encore son côté enfantin, pétillant. À Black, elle fait partie de ces personnages qui attirent les regards. Sa beauté y est certainement pour quelque chose, mais pas autant que sa personnalité surprenante... Surprenante pour une petite ville comme Black, bien entendu ! À New York ou Paris, elle se serait fondue dans la masse. Mais Black a son lot de principes et de valeurs, ce sens aigu de la normalité et Jane n'a jamais souhaité s'approprier tout cela.

— Coûte que coûte, je persévère dans mon rêve, désormais aux portes de l'extase quand l'inconnu me serre contre son torse musclé... Navrée d'être si cliché, ce n'est pas ma faute, c'est mon inconscient qui parle et je crains qu'il ne soit une version beaucoup plus fade de mon esprit. Il m'embrasse dans le cou et là, une main suspecte me touche. Sa présence (c'est quand même une troisième main !), sa taille, tout m'évoque un piège ! Le mot s'imposant désormais avec force, je quitte à regret mon rêve et ouvre les yeux sur un James triomphant, pot de chambre à la main. Atroce ! Atroce, je te dis ! répète Jane sur un ton plus confidentiel cette fois.

Bien que Jane ait le réflexe d'étouffer sa voix en ramenant une main pour couvrir sa conversation, ce geste ne remplit pas son office. Même si toutes dans le salon de beauté font semblant de s'affairer, les unes à lire un article, les autres à embellir les premières, elles ne veulent surtout pas perdre une miette de la conversation de Jane Langloy !

Jane ne laisse personne indifférent, ni ses proches, ni ses voisins ni même ces inconnus qui partagent avec elle un instant l'ascenseur. Comment pourrait-on l'être face à ce corps svelte, cette chevelure flamboyante, ces yeux d'un bleu presque choquant tant il est intense ? Évidemment qu'elle dénote au milieu des brunettes et autres blondes, nombreuses dans cette région ensoleillée.

— M'obliger à délaisser ce bel inconnu ! La maternité nous force à faire tant de sacrifices ! dit Jane en riant.

— J'imagine qu'à l'instant où tu me racontes tout cela, un salon entier d'épouses rangées se délectent de ton histoire ?

— Possible…

— Jane, enfin ! s'exclame Charlotte.

— Ce n'est pas ma faute si leur vie manque à ce point d'intérêt qu'elles se passionnent pour la mienne, répond Jane en haussant le ton.

— Tu as gagné, je me lève ! Je ne veux surtout rien manquer de tes prouesses et des innombrables ragots qu'elles génèreront dans la journée. J'arrive, femme fatale !

Victorieuse, Jane pose son téléphone devant elle et poursuit l'examen minutieux de son reflet. Non, vraiment tout est parfait !

Elle soupire, soulagée de garder le contrôle sur ce temps peu aimable avec les traits.

Il le faut, répétait toujours sa mère. *Il le faut, sinon on te quittera !*

8

Le journal de Théa

JE ME RAPPELLE PRÉCISÉMENT le 27 juillet de mes cinq ans. Chaque détail est aussi vif que ma journée d'hier. Le bruissement des arbres, ce soleil éternel, ce paradis perdu qu'est le regard d'un enfant sur le monde. Ce temps béni où ma mère est mon univers et où lui, son mari, mon père, est peut-être heureux.

Je suis debout dans le grand hall. Ponctuée de dénivelés légers, la pierre bleue y est inégale et bombe par endroits avec tant de douceur que jamais elle ne heurte le pied. Je suis absorbée par le dessin des veines blanches qui la traversent, la poésie de ces lignes uniques, comme autant d'existences dont le tracé sinueux disparaît soudain. Devant moi, un long couloir vers le jardin et cette porte en bois flanquée d'un gros verrou d'un autre temps, ouverte.

Les pieds nus sur la dalle fraîche, j'aperçois la pelouse baignée d'une lumière matinale et avant elle, la première margelle de l'escalier en pierre. Son arrondi évoque ces marches qui mènent au seuil d'un château, ce qui est presque le cas. Notre maison, comme celles des voisins, a été bâtie avec cette ambition : être la plus somptueuse, la plus grande, la plus éblouissante. Rivalisant avec les autres demeures, elle se dresse sur la côte et cette margelle n'est qu'un attribut parmi d'autres pour confirmer ce destin.

Nous grandissons face à l'eau. Tout au long de la journée, elle s'altère pour nous offrir ce spectacle unique, produit de l'alliance du vent, de la lumière, des marées et des nuages qui défilent dans le ciel. Omniprésente, comme le son des vagues qui nous parvient jusque dans notre sommeil, un roulement dont le rythme n'est jamais acquis, une singularité de la nature qui exige notre attention.

Dans ces demeures ponctuant ce bout de terre privilégié, nous émergeons d'un terreau commun ; ces mêmes valeurs, ces mêmes maîtres d'école, ces jeux qui nous rassemblent et évoluent avec nous. Parfois, je m'arrête pour regarder ces autres qui grandissent à Black, petite ville du Sud. Je les observe car je veux comprendre qui ils sont. Qu'y a-t-il sous le vernis de nos existences ? Combien de mystères tus, de souffrances latentes, de secrets gardés ?

Je me demande s'ils tentent aussi de me connaître vraiment. Si derrière mon sourire, ils devinent mon secret.

Pourquoi vous parler de ce jour-là, ce 27 juillet de mes cinq ans ? Parce que mon histoire commence là, à cet instant précis où je veux courir vers le jardin alors que je pourrais rester près de ma mère. En ce temps béni où j'ignore encore que chaque minute offre d'innombrables possibilités et qu'irrémédiablement, il faut faire un choix. Que ce pas, ce mot, cette course, ce geste en détermine des milliers d'autres, même des années plus tard.

À cinq ans, je peux encore m'élancer insouciante.

Désormais, cela m'est ôté. Je dois vivre avec cette réalité terrible que tout ce qui se décide entraîne autant d'empreintes, tels des cailloux dans le sillon d'une existence.

Évidemment, je continue à me comporter comme une jeune fille de mon âge. Aucune envie d'attirer l'attention sur moi.

Pourtant, rien n'est plus évident.

Ce matin de mes cinq ans, je me hisse sur la pointe des pieds en levant les mains vers le ciel et, les yeux clos, je respire. Il y a l'odeur du chocolat chaud, celle du parfum de ma mère, signe de sa présence toute proche, et celle plus subtile de la nature qui s'éveille.

— Théa, viens ici ma chérie !

Je tourne la tête et une silhouette élégante se dirige vers moi d'un pas décidé. Éblouie par ses boucles blondes, son visage radieux, ses bras qui s'ouvrent en m'apercevant, je ne vois rien de sa peur.

— Tu as oublié de te coiffer.

Elle s'assied sur l'escalier et je m'installe sur une marche inférieure. Ce souvenir a toujours le même effet sur moi, un mélange d'émotions intenses. La joie de la retrouver, la tristesse de l'avoir perdue, la colère de ne plus pouvoir sentir ses mains dans mes cheveux.

— Alors, qu'est-ce qui te plairait aujourd'hui ?

Elle commence toujours par cette question. Le plus souvent, je ne réponds rien. Ces coiffures, c'est un truc de fille bien sage et moi, mon unique envie est d'aller courir dans les champs. Alors ma mère se résigne et opte pour le plus simple. La queue-de-cheval que j'arbore tous les jours. Elle passe la brosse dans mes cheveux ondulés et à l'aide de ses doigts, tente de démêler les nœuds plus épais. En quelques gestes adroits, elle obtient un résultat impeccable.

— Tu es magnifique, dit-elle en m'admirant. Tu peux y aller !

Un instant, je pose ma joue contre la sienne. Sa peau est tiède et douce et cette sensation, que jamais plus je ne retrouverai, m'apaise.

Bientôt, je m'élance dehors et les herbes hautes frôlent mes jambes. Peu importe si le bas de ma robe imprégné de rosée colle désormais à mes cuisses, ce n'est qu'un détail sans importance. Au loin, il y a l'épouvantail qui n'effraie plus grand monde tant la pluie et le vent l'ont malmené. Il sert maintenant de perchoir et c'est près de lui que j'établis mon premier campement. Allongée sur le ventre, je les guette. Je gratte la terre du bout des doigts pour voir ce qu'elle cache quand un pic-vert se pose à quelques centimètres. Ravie, je l'observe picorer le sol en quête de fourmis. Soudain, il lève le bec et plante son regard dans le mien, avant de s'envoler, effrayé.

Combien de temps peut-on s'observer ainsi avant que l'autre ne s'envole ?

Je n'oublierai jamais ce 27 juillet de mes cinq ans. C'est celui de ma toute première fête chez Barnabé Quills. C'est aussi le dernier avant le drame.

Mes trois rêves pour cette année :
Trouver un moyen de ne plus être touchée
Ne plus pleurer pour elle
Que ce baiser soit réel

9

Le 27 juillet 2010, 19 heures

LE JOUR DÉCLINE, offrant le spectacle des puits de lumière qui ponctuent le jardin. Ils naissent ici et là, illuminant un massif de roses ou mettant en valeur les formes arrondies d'un buis sculpté pour l'occasion. Les serveurs sont partis se restaurer avant le début des festivités et Barnabé profite du calme pour admirer la disposition des lieux. Il s'assied sur les marches du perron et prend appui sur ses mains, accueillies par la pierre encore tiède. Il pense à Céleste, à leur conversation quelques jours plus tôt.

Pourquoi sa voix tremble-t-elle toujours quand il lui parle ? Même lorsqu'il n'est pas face à elle, la nervosité le gagne. Il commence une phrase, hésite, s'interrompt, cherche à toute vitesse une formule pour lui plaire. Heureusement, Céleste est patiente. Il lui est reconnaissant de ne rien relever et de poursuivre la conversation naturellement, comme si trois phrases inachevées n'avaient pas été abandonnées en chemin. Barnabé n'a pas l'habitude d'être déstabilisé, une assurance innée l'en a préservé.

Il ne peut résister plus longtemps à l'envie d'entendre sa voix. Il saisit son téléphone et compose son numéro, conscient des minutes douloureuses qui vont suivre.

— Je… Bonjour, c'est Barnabé Quills…

— Bonjour Barnabé, répond une voix féminine.

— C'est Barnabé Quills, répète-t-il inutilement.

— Oui ?

Dans le combiné, il entend un rire discret. Il se surprend à triturer une brindille comme un gamin de cinq ans.

— Pardon, je me répète… J'appelais juste pour savoir… Je…

Le silence s'installe alors que Barnabé lutte contre cette partie de lui qu'il connaît si peu. En un clin d'œil, il rejoint tous les timides du monde, lui, l'audacieux. Avec eux, il baisse la tête, joue nerveusement avec la couture de sa manche, passe une main dans ses cheveux. Il regarde ses chaussures en quête d'une phrase, ne serait-ce qu'un mot. Comment peut-il être réduit ainsi, par un souffle, une voix, la présence qu'il pressent ?

— Je… Je voulais juste savoir comment vous allez.

— Je vais bien et vous ? Les préparatifs avancent bien ?

Il la remercie intérieurement pour cette question banale qui attend une réponse facile. Il a l'impression qu'en la formulant, elle l'aime déjà un peu. Ou peut-être fait-elle seulement preuve de charité ? Il lui a fallu des semaines pour oser lui adresser la parole et, sans l'aide de son amie Charlotte, Céleste n'aurait jamais été conviée à la soirée.

— Tout est prêt ! J'espère que vous vous amuserez bien ! répond-il, conscient du manque d'originalité de ses propos.

En réalité, il voudrait lui dire *j'espère que vous m'apprécierez* ou *j'espère être à la hauteur* ou encore *dites-moi comment être à la hauteur, je ne sais plus comment faire…*

Finalement, il raccroche, mettant fin à une conversation aussi artificielle que chaotique. Barnabé sourit en songeant à sa maladresse, à combien il est démuni face à elle. Il n'avait jamais mesuré à quel point l'on peut être multiple, subissant des traits de personnalité insoupçonnés.

Face à son premier amour, il avait attribué sa timidité à un manque d'expérience, à son jeune âge mais ce serait son lot face à chaque femme qui lui plairait. Les conquêtes avaient pourtant défilé depuis son divorce. Il pensait maîtriser parfaitement le processus de séduction et ses étapes : engager la conversation, montrer son intérêt, toucher une épaule, un bras, une main, inviter à un prochain rendez-vous et attendre le moment adéquat pour s'approcher encore. Quelques aventures sans lendemain lui avaient même donné une réputation de coureur de jupons qui lui allait désormais aussi bien qu'un costume mal taillé. Avec Céleste, c'était différent. Il n'avait rien du grand séducteur, ni le verbe, ni le geste, ni même le regard.

— Monsieur, insiste une voix qui s'impatiente dans son dos.

— Oui ?

— Votre coiffeur est arrivé.

— Très bien, merci, répond Barnabé en se levant.

C'est son épouse qui avait fixé le premier rendez-vous à domicile, quelques années auparavant, et il n'avait jamais osé toucher à ce qui était devenu une tradition. En modifiant le programme, il craignait de perdre encore un peu plus de cette époque, un temps où les enfants et lui étaient choyés. Il avait pris goût à ce petit luxe, à la visite de ce charmant Guillermo qui n'avait de cesse de le complimenter sur son apparence, sur ses choix vestimentaires ou sur sa chevelure si flamboyante que ni le temps ni le soleil ne pouvaient l'altérer. Les mots exacts du professionnel.

Barnabé entend déjà Guillermo s'extasier avec son accent latin : *Monsieur, quelle splendeur ! Comment faites-vous pour conserver ce teint, cette peau digne d'un gaillard de vingt ans !*

Mû par un terrible besoin de reconnaissance, il s'empresse de le rejoindre dans le hall.

— Je suis content de vous voir, Guillermo ! dit Barnabé en tendant une main que le coiffeur serre en le gratifiant d'un large sourire.

— Moi de même, monsieur !

— Appelez-moi Barnabé, s'il vous plaît ! Depuis le temps qu'on se connaît !

Chaque année, Barnabé réitère cette demande, aussitôt habilement déclinée par le coiffeur. Ils se dirigent vers le salon où une coiffeuse a été improvisée sur un bureau. Guillermo se place derrière Barnabé et passe une main experte dans les cheveux de son client. Face au miroir, ils discutent avec leur reflet.

— Vous n'avez rien perdu ! Comment faites-vous ? Année après année, ils sont toujours aussi magnifiques ! s'exclame-t-il.

— Le patrimoine génétique ? suggère humblement Barnabé.

— Sans doute, approuve le coiffeur. Avez-vous un souhait particulier ?

Cette question amuse toujours Barnabé. Quelles possibilités peut-il avoir avec des cheveux d'une longueur de dix centimètres ?

— Comme d'habitude, ce sera très bien, dit-il simplement.

— Comment vont les enfants ?

— En pleine forme et votre famille ?

— Bien aussi.

Ils se sont toujours contentés des formules d'usage, mais ce soir Barnabé aimerait en dire plus. Il voudrait se confier à cet homme gentil qui lui prodiguerait peut-être quelques conseils. Il pourrait exprimer ses doutes, lui avouer combien il se sent petit à l'approche de son rendez-vous avec Céleste.

Barnabé l'observe coiffer ses cheveux avec un soin excessif et il rêverait que pareils efforts se concentrent sur son anxiété. Mais quelle est l'étendue du mandat de Guillermo ? Il est le confident de ces dames mais lui, peut-il prétendre aussi à ce service ? Il aspire à cette bonne oreille, à ce mot juste, susceptible d'effacer sa solitude avant une rencontre qui prend davantage l'allure d'une épreuve que d'un doux moment en amoureux.

— Puis-je vous poser une question… plus… personnelle ? dit Barnabé en joignant les mains comme pour l'implorer.

— Bien sûr, répond poliment Guillermo.

Il prend une profonde inspiration, puis, devant l'air suspicieux de son coiffeur, il renonce.

— Quel shampoing utilisez-vous ?

— Aaaah, répond-il visiblement soulagé. Vous ne devinerez jamais ! Je le prépare moi-même…

Dans les foyers, le bruissement de la soie se mêle désormais aux conversations animées. Le ciel se teinte de rose, mais personne ne le remarque, car la seule image importante à 19 heures 30 un 27 juillet à Black est celle que renvoie le miroir. Les soupirs de contentement ou, au contraire, ceux de désespoir brassent l'air chaud de ce début de soirée. Chacun veut être beau, spirituel, séduisant. Chacun pense à cet autre convoité, qu'il soit déjà dans son lit ou non.

Charlotte a fourni un effort particulier cette année et sa robe rouge lui sied à ravir. Elle sourit en s'admirant, s'observe de profil, tente même de se regarder de dos, forçant son cou à un mouvement peu naturel. *Parfait*, murmure-t-elle. *Parfait.* Elle chausse ses escarpins, charge ses lèvres d'un rouge vif assorti à sa robe et passe une nouvelle fois une main dans ses cheveux brillants.

— Je suis prête, lance-t-elle joyeusement à Rodrigue en entrant dans le dressing où il termine de s'habiller.

— Tu es sûre ? dit-il en fronçant les sourcils. Tu ne devrais pas te maquiller un peu les yeux ? Aussi…

— Quoi ? demande Charlotte d'un ton sec.

— Peut-être que tes cheveux seraient mieux portés en chignon que lâchés comme ceux d'une gamine ? On n'a plus l'âge, tu sais ! lâche-t-il sans songer un instant à l'impact de ses mots sur son épouse.

Charlotte se fige. Le contraste est flagrant. Une remarque de son mari suffit à dissiper sa joie. Debout dans l'embrasure de la porte, elle ressent l'effet de ses paroles, combien elles pèsent sur chaque partie de son corps et la paralysent. Ses épaules s'affaissent, son dos se courbe, sa tête ploie, contraignant sa posture au renoncement. Pourtant, elle n'est pas obligée de subir cela. La gorge nouée, elle doit fournir un effort pour murmurer sans plus aucune certitude :

— Je suis bien comme cela.

Et avant qu'il puisse réagir, elle descend embrasser leurs enfants.

10

Lettre de Jill Vogue à sa fille Théa, datée du 10 février 2000

Ma douce Théa,

Il ne m'a pas fallu longtemps pour aimer cette petite ville de Black. Non pour ses attraits évidents, son chapelet de demeures luxueuses, ses plages de sable fin ou encore le sentiment de sécurité vanté par ses habitants comme si notre communauté était séparée du reste du monde. Tout cela me laissait plus ou moins indifférente.
Black m'a séduite autrement.

Je découvrais une nouvelle école et un quartier d'un calme intimidant au regard de la trépidante ville de New York. À huit ans, je n'avais pas eu l'occasion de connaître grand-chose d'autre que ces deux extrêmes qui s'unissaient désormais pour former mon parcours sur Terre. Refusant d'appréhender ma nouvelle vie en la comparant à l'ancienne, je tentais d'observer en silence, de ne pas prononcer le nom de la ville évocatrice de tant de souvenirs, de me concentrer

sur l'affection qui me restait encore, celle d'une fratrie que l'insensibilité de nos parents avait soudée.
Au début, je passais mes récréations assise sur un banc, à contempler les autres enfants. Ils couraient, jouaient, riaient et ce spectacle me suffisait. Tel l'explorateur d'une contrée inconnue, je voulais en savoir plus avant de les approcher. J'étudiais le peuple de Black, ses us et coutumes, je détaillais les tenues des filles, les expressions des garçons, les mots qui parvenaient jusqu'à mon poste. Patiemment, tout était analysé pour constituer ce bagage indispensable à mon projet : me faire un ami. Avec les deux extra-terrestres qui me tenaient lieu de parents, j'avais très vite saisi que chaque être est un monde en soi, avec ses règles et ses préférences, et que le secret des relations résidait là, dans cette connaissance parfaite de l'autre.

Les années passent et cet instant où il a posé la main sur la mienne demeure l'un des plus troublants de mon existence. Je te souhaite d'être émue à ce point, émue dès le plus jeune âge. Black, je l'ai aimée le jour où nos deux univers ont fusionné, avec ces mains d'enfants qui se touchent, présage de toutes les joies.

Ta maman qui se demande si tu te brosses vraiment les dents aussi souvent que tu l'affirmes

11

Le journal de Théa

JE CONNAIS LE MOMENT EXACT où le souffle court s'efface au profit de l'aisance. Je le guette et persévère encore quelques secondes. Mes muscles en plein effort enchaînent les foulées. À certains endroits, ils brûlent légèrement, se rappelant à moi. Puis, soudain, une sensation de flottement. La facilité avec laquelle mes jambes poursuivent leur course me déconcerte. Comment ce jogging a-t-il pu être si pénible quelques minutes plus tôt et si léger maintenant ?

Je cours plusieurs fois par semaine. Ce n'est pas une envie, mais une nécessité. Je cours pour calmer le flot de mes pensées, pour dominer le stress qui m'envahit trop facilement, pour être moins touchée.

Mon cerveau a cette tendance agaçante de produire en excès : des idées, des envies, des recommandations, des peurs aussi. On dirait qu'il ne peut pas être tranquille. Notre médecin de famille affirme que c'est pour cela que je suis lente en classe. Face à un problème, mon cerveau en fait trop. Il dissèque, multiplie les possibilités, accorde trop d'importance aux détails. « Vous en faites trop, mademoiselle Vogue, me répète-t-il. Vous voulez trop bien faire ! N'allez pas si loin dans votre raisonnement ! Détendez-vous, vous êtes jeune ! »

Seulement, je ne peux pas m'en empêcher. Mon esprit ne me lâche pas.

J'observe les autres et j'ai la désagréable impression qu'ils sont différents. Bien sûr, chacun est unique. Je connais ce bla-bla que nous servent professeurs et autres séries télévisées à l'eau de rose, mais dans leurs différences, mes amis se ressemblent tout de même beaucoup. Ils ont une façon similaire de fonctionner, de comprendre les choses, de profiter de la vie simplement. J'ai le sentiment d'être en décalage, de devoir m'ajuster pour raccourcir la distance qui s'impose naturellement entre nous.

J'en ai souffert pendant des années avant de découvrir un exutoire dans le sport. Courir me permet de maîtriser le cours de mes pensées, au moins pendant quelques heures. Mes amies sont persuadées que je m'active pour conserver la ligne. Ce n'est qu'un avantage collatéral.

Je me suis souvent demandé quelle fille je serais devenue sans cette discipline de fer. Le jogging n'est qu'un élément d'un programme précis visant à maintenir mon équilibre. Dormir tôt, peu ou pas de télévision, une alimentation saine. Malgré tous ces efforts, j'ai l'impression d'être debout sur un fil, adaptant ma position pour conserver un équilibre fragile. Il paraît qu'il en va de même pour chacun d'entre nous, mais cela ne me rassure pas.

Avec les autres, mon cerveau s'en donne aussi à cœur joie. Face à leurs visages, il détecte les expressions, les micromouvements, il accumule les informations pour évaluer une humeur ou une réaction. Tout cela forme une impression certainement valable, mais que je suis rarement. Franchement, qui oserait se faire confiance à mon âge ?

Par exemple, je ne veux pas m'aventurer à deviner si Lancelot Quills est amoureux.

Pour être honnête, avant mon rêve, je n'avais pas vraiment remarqué qu'il existait. Bien entendu, je connaissais le grand frère d'Amélia, mais plus comme le personnage sujet des frasques que me racontait sa sœur, que comme un être de chair et de sang !

Comment un simple rêve peut-il tout changer ? Comment un seul baiser peut-il faire naître un désir si intense ? D'autres garçons m'ont déjà embrassée mais ce baiser-ci, unique et inoubliable, m'empêche de poursuivre ma vie indemne.

Ces confidences doivent paraître bien mièvres et c'est la raison pour laquelle je garde tout cela pour moi. Je pourrais interroger Amélia sur les amours de son frère, l'air de rien, comme un simple sujet de conversation mais je ne suis pas ce genre de fille-là, de celles qui peuvent dire un truc tout en en vivant un autre.

Moi, je suis d'un bloc. Alors, comme un bloc, je reste là, enveloppée de mon rêve.

12

Le 27 juillet 2010, 19 heures 50

— Alors, qui vises-tu cette année ? demande Lloyd.

Face au miroir, vêtu d'un smoking parfaitement ajusté, Lancelot Quills semble perdu dans ses pensées. Le col châle met en valeur ses traits doux et ses larges épaules. D'une main experte, il ferme l'unique bouton de sa veste avant de s'attaquer au nœud papillon. Le tissu noir exige une technique précise pour un résultat impeccable. Il le saisit et, en quelques mouvements, lui impose la forme attendue.

— Tu vises qui ? répète Lloyd.

Lancelot sort de sa rêverie, même si la question de son ami lui donne envie d'y rester. Lloyd se comporte toujours comme s'ils avaient quatorze ans et que les filles n'étaient que des jouets destinés à être abandonnés, après s'être affichés à leur bras pendant quelques heures. Même si ce genre de commentaires l'agace, il tente de faire bonne figure pour ne pas nuire à l'ambiance.

— Qui je vise ? Je n'en sais rien et toi, tu vises qui ? interroge Lancelot, plus pour faire plaisir à Lloyd que par réel intérêt.

— Nectaria, s'exclame celui-ci, un large sourire aux lèvres.

— Nectaria ? Notre professeure d'anglais ? C'est une blague ?

Lancelot s'est détourné du miroir pour faire face à Lloyd.

— Pourquoi pas ? Avec mon charme, tout est possible, tu sais, rétorque Lloyd, amusé.

Lancelot sourit de la naïveté de son ami. Il le connaît depuis longtemps et sait qu'il ne s'agit pas seulement d'un trait d'humour, mais bien d'une certitude.

Au fond, même si la forme est contestable, la question est intéressante. De qui aimerait-il se rapprocher ? Black fourmille de filles drôles, jolies, intelligentes. Pourtant, ces derniers temps, il ne ressent aucune attirance particulière. Enfin, si. Un attrait physique. Comment rester de marbre face à ce ballet de courbes parfaites, de sourires éclatants, de chevelures ondulées qui dorent avec l'été ? À la plage, elles s'allongent côte à côte, sur le ventre d'abord, sur le dos ensuite, et cet alignement de corps superbes, ces jambes qui s'animent au rythme des confidences, le séduisent évidemment ! Seulement, pour Lancelot Quills, aucune d'elles ne sort du lot. Alors comment viser lorsque c'est tout l'essaim qui enchante ? Doit-on d'ailleurs insister si le choix ne s'impose pas de lui-même ?

— Franchement, tu n'as jamais rien remarqué ? poursuit Lloyd, pétri d'illusions. Chaque fois qu'elle en a l'opportunité, elle s'approche de mon banc et y pose sa fesse droite ! Significatif quand même, non ?

— Tu es parfait, mon cher Lloyd, dit Lancelot en riant.

— Et puis, la façon dont elle se penche pour me faire profiter de la vue, crois-tu réellement que c'est dans l'unique but de m'enseigner une matière ? Je suis capable d'apprendre sans avoir la tête dans les seins d'une femme, quand même ! s'esclaffe Lloyd. Elle me drague, c'est clair.

Et je ne peux certainement pas me passer d'une expérience comme celle-là… Imagine !

— Non, je n'ai pas tellement envie… gémit Lancelot en l'arrêtant d'une main.

— Juste un instant ! commence Lloyd en écartant les bras comme s'il s'apprêtait à présenter un nouveau film à succès. Je suis allongé dans un lit avec une femme qui connaît… tout ! C'est vrai, non ? Compte tenu de la façon dont elle nous relate ses multiples conquêtes, il me paraît clair qu'elle a acquis… Que dire sans être vulgaire ?

— Essaie, on ne sait jamais.

— Une certaine expertise ?

— Pas mal. Suffisamment classe tout en étant explicite. C'est même dénué de misogynie. Tu progresses, Lloyd, ironise Lancelot en tapotant l'épaule de son ami qui ne se dégonfle pas pour autant.

— Tu ne peux pas nier que c'est l'occasion dont on rêve tous ! insiste Lloyd.

Lancelot se contente d'acquiescer. Il ouvre une fenêtre et s'y adosse pour observer la fête qui se prépare. Hormis quelques serveurs, le jardin est encore vide.

— Donc, je suis étendu aux côtés de cette femme sublime qui a la générosité de me transmettre son savoir. Tout son savoir ! Qui suis-je pour refuser ? Ce serait aussi priver toutes mes futures conquêtes d'une extase assurée et tu me connais, je ne suis pas un égoïste ! Moi, je pense aux autres, monsieur !

— C'est indéniable, reconnaît Lancelot qui tente de contenir un fou rire.

— Et ne me dis pas qu'elle n'est pas intéressée ! L'empreinte de sa fesse est pratiquement imprimée sur le bois de mon bureau !

Par quoi Lancelot doit-il commencer ? Par lui dire qu'il n'a aucune chance ? Qu'il n'y a que du vent dans cette prétendue séduction ? Que Nectaria s'assied sur le banc de tous ses élèves parce qu'elle a parcouru ces livres de pédagogie positive qui insistent sur l'importance de la relation à l'élève dans le processus d'apprentissage ? Faut-il attirer l'attention de Lloyd sur l'âge de sa professeure et les risques que tous deux encourent en cas d'idylle ? Ou encore l'informer de l'existence bien réelle d'une nouvelle histoire d'amour, un bellâtre qu'il a aperçu avec leur professeur, et dont il attend le récit au prochain cours d'anglais ?

Non. Ce soir, Lancelot a envie de s'amuser.

— Maintenant que tu m'en parles, c'est vrai que c'est un peu louche, ces regards langoureux qu'elle te lance quand tu peines sur ta copie... Et puis, cette connivence que vous entretenez depuis des semaines...

Les yeux de Lloyd brillent soudain d'un éclat particulier.

— Des mois, tu veux dire ! le corrige Lloyd.

— Des mois, en effet... Je ne voulais pas y croire... Un peu de jalousie de ma part sans doute, mais c'est évident ! Nectaria t'aime ! Qui peut encore l'ignorer ? Cela crève les yeux ! poursuit Lancelot en passant un bras autour des épaules de son ami.

— Ne t'emballe pas ! On ne va pas tout de suite parler d'amour... Ici, je vise plutôt l'enseignement... la pratique... précise Lloyd, l'air ravi.

— Nectaria, renchérit Lancelot pour alimenter la conversation comme on met une bûche sur le feu pour entretenir la flamme. Tu imagines ? Nectaria !

Lancelot resserre encore un peu son emprise, pressant son vieil ami contre lui.

— Oui, je sais, c'est dingue. Je mesure ma chance, tu sais, ajoute Lloyd en se dégageant de l'accolade de Lancelot pour lui faire face. J'espère que tu trouveras aussi ton bonheur, enfin, quelqu'un qui saura t'inculquer tout ce qu'un homme doit savoir...

Lancelot hésite un instant puis se lance, guettant la réaction de Lloyd.

— Maintenant que j'y pense, pourquoi alors a-t-elle répondu à l'invitation en mentionnant qu'elle serait accompagnée ? Crois-tu que ton manque d'initiative l'ait poussée à renoncer ? demande-t-il en plissant les yeux.

Devant la mine dépitée de son ami, il se ravise.

— Certainement qu'elle est timide ! se reprend-il. S'aventurer seule parmi des gens qu'elle ne connaît pas alors qu'elle doit faire face à l'homme pour qui elle se consume de désir…

Lloyd sourit à nouveau, alors Lancelot insiste en posant ses mains sur le torse de sa victime.

— Sans doute sera-t-elle au bras de son meilleur ami qui se sera dévoué pour l'occasion ! Elle lui aura expliqué, avec sa verve habituelle, l'adoration totale qu'elle a pour ton corps, pour ton buste musclé, pour tes yeux dans lesquels elle rêve de se plonger !

Face au silence de son ami, Lancelot poursuit :

— À force de gémissements, elle aura décrit celui qui la fait chavirer…

Lancelot emprunte maintenant une voix féminine et poursuit sa déclaration d'amour, imitant Nectaria. Il se hausse sur la pointe des pieds et chaussé d'escarpins imaginaires, il arpente la chambre en balançant ses fesses. La main dans les cheveux ou posée sur la hanche, il s'adonne, hilare, à une gestuelle féminine cliché. Il s'approche à nouveau de son ami, suppliant, la bouche déformée par l'envie.

— Lloyd, aiiiiiime-moi toute la nuit. Oh oui, murmure-t-il. Je suis à toi et je suis si heureuse que tu l'aies compris ! Mon corps t'appartient ! Pose tes mains sur mes seins, enlace-moi et fais-moi vivre une nuit de folie ! Je ne sais plus quoi faire de ce désir immense qui me domine si ce n'est me jeter sur toi et enfin m'y abandonner !

Lancelot a posé une main sur son front en signe de désespoir, l'autre solidement accrochée au cou de son élu.

— T'es vraiment pas possible ! Alors tu n'y crois pas ?

— Je t'adore Lloyd, rétorque Lancelot pour toute réponse.

Au loin, le son des premières basses annonce une nouvelle fête.

13

Le 27 juillet 2010, 20 heures 30

Céleste est vêtue d'une robe longue, conformément à la consigne reprise sur les cartons d'invitation. Ni thème ni déguisement. Barnabé aspire à ce tableau de silhouettes élégantes, robes longues et smokings impeccables. Un caprice qu'il s'accorde une fois par an, dicter aux autres la façon dont ils doivent se vêtir.

Alors qu'il l'accueille avec plus de soin que n'importe quel autre invité, une connaissance l'accapare, contraignant Céleste à se fondre seule dans une foule inconnue. Son fourreau en soie gris acier mettant en valeur son cou gracieux et ses épaules délicates, frôle le parquet ancien, comme si elle flottait à quelques centimètres du sol. Impuissant, Barnabé la regarde s'éloigner en quête d'un visage familier. Comme le jour de leur rencontre, elle a noué ses cheveux en chignon. Il la suit des yeux encore un instant, puis elle disparaît parmi les invités.

Dans le jardin, Jane, Charlotte et leurs époux discutent avec leurs amis, une coupe de champagne à la main.

— On danse ? demande Charlotte en désignant du menton la bande de jeunes qui rit plus loin.

Les adolescents se sont rassemblés près de la piste de danse extérieure, de façon à pouvoir alterner pas de danse et discussions, allongés sur l'herbe. Ils forment le groupe le plus important, ce soir. Agglutinés autour du bar, ils trinquent avec leurs coupes de cidre. Ils n'ont pas dix-huit ans, mais imitent déjà les grands à la perfection.

— À mon âge, je dois être légèrement imbibée ou toute nue dans ma salle de bains pour pouvoir me lâcher, réplique Jane avec un clin d'œil.

À ces paroles, quelques têtes se retournent.

— Oui, il m'arrive de danser nue dans ma salle de bains, pas vous ? répète la grande rousse aux intéressés.

— Jane, ils se retournent parce que tu parles trop fort. Ce qui signifie… que tu as atteint le degré d'alcoolémie nécessaire pour aller danser ! s'exclame Charlotte enthousiaste en l'entraînant loin de leurs maris. Je t'en supplie, ce soir, j'ai envie de m'amuser !

— Toi, j'ai l'impression que l'on t'a contrariée…

Elle a passé son bras sous celui de son amie et elles se dirigent vers la piste de danse.

— Est-ce que l'imbécile en question serait de corpulence moyenne, le crâne légèrement dégarni et répondrait au doux prénom de Rodrigue ?

— Évidemment, qui d'autre pourrait me blesser sinon celui qui partage ma vie ? répond Charlotte, maussade.

Les deux femmes s'arrêtent en chemin et s'asseyent sur un banc. Jane se penche vers son amie pour poursuivre leur discussion à l'abri des oreilles indiscrètes.

— Je sens une certaine exaspération, aurions-nous l'espoir que les choses bougent… enfin ? la taquine Jane. Pas que je sois lasse de t'écouter te lamenter, juste…

— Juste quoi ? demande Charlotte sur un ton plus agressif qu'elle n'aurait voulu.

— Juste que cela m'ennuie profondément qu'une femme comme toi subisse tout cela en silence.

— Je réponds souvent ! s'offusque Charlotte.

— Je t'ai vue à l'œuvre et tes répliques consistent en quelques traits d'humour, un message beaucoup trop vague pour un homme à l'intelligence sociale digne d'un poisson rouge !

— Tu es particulièrement en forme, Jane ! s'exclame Charlotte en vidant sa coupe de champagne d'un trait.

Jane place ses mains sur les épaules de son amie pour avoir toute son attention. En la regardant droit dans les yeux, elle poursuit :

— Ma chère Charlotte, Rodrigue est un homme obsédé par l'envie de briller. Briller grâce à la femme qu'il a à son bras, briller grâce à ses enfants, briller grâce à son travail ou encore grâce à son prétendu esprit qui, selon moi, est inexistant ! Cette obsession est si forte qu'elle l'aveugle pour tout le reste ! Je suis certaine qu'il ne s'est jamais demandé si tu étais heureuse avec lui. Je ne crois même pas qu'il sache ce qui te fait plaisir !

Charlotte baisse le regard. D'un geste empreint de douceur, Jane relève le menton de son amie et achève un discours qu'elle espère convaincant.

— Prouve-moi le contraire ! Dis-moi quand, pour la dernière fois, il t'a offert un cadeau autre qu'un bon d'achat dans un magasin de vêtements ou une librairie ?

Face au silence de Charlotte, Jane insiste encore.

— Jamais ! Il ne s'y risque pas, car il ignore totalement ce qui te plairait. Parce qu'il n'en a rien à faire ! conclut Jane en faisant tinter leurs coupes.

Jane a raison. Charlotte regarde la mer au loin en se disant qu'elle pourrait partir loin de ce mari prétentieux et insensible.

— Je crois que tu ne mesures pas ta force, Charlotte !

— Les choses sont plus compliquées.

— Parce que tu les vois ainsi ! Tu sais faire une valise, non ? Tu es capable de démarrer une voiture et de conduire jusqu'à une nouvelle adresse – la mienne par exemple ? D'éplucher les petites annonces pour te dénicher une nouvelle maison ? Ou d'engager quelqu'un pour le faire puisque l'argent n'est même pas un souci pour toi ? Ce genre de décision fait peur, mais elle n'est pourtant que la somme de petites étapes que tu es capable de franchir, conclut Jane d'une voix plus douce.

— Tu omets le nœud du problème. Pour partir, il faut croire qu'on vaut mieux qu'un Rodrigue et puis, risquer de blesser mes enfants, c'est impossible pour moi aujourd'hui.

Jane réfléchit un instant puis se lance :

— Tu as deux filles et le pire que tu puisses faire est de leur montrer le mauvais exemple, celui d'une histoire d'amour qui en est dépourvue. Si tu restes là, à subir cette maltraitance, légère certes, mais réelle, tes filles penseront que c'est cela, être aimée par un homme. Et c'est plus néfaste que n'importe quelle souffrance que votre séparation pourrait leur infliger !

D'un geste rapide, Charlotte essuie une larme.

— En persévérant dans ton couple, tu romps avec la personne la plus importante de ta vie ! Toi ! ajoute Jane.

Jane passe un bras autour des épaules de son amie pour tenter de la réconforter. Charlotte aimerait tant que le contact de leurs deux corps opère un transfert de celui de Jane au sien ; qu'elle lui donne un peu de son énergie, de sa détermination, de cette volonté qui l'anime toujours. Personne n'oserait faire de mal à une femme comme Jane, elle ne se laisserait pas faire et les autres le sentent bien.

— Pour l'instant, je ne me sens pas assez forte, reconnaît Charlotte.

— Et si vivre à ses côtés t'affaiblissait ? Souvent, j'ai l'impression que mes compliments ne peuvent rivaliser avec ses critiques, que ces dernières gagnent toujours. Pourquoi lui accorder tant de crédit ?

— Je vais le quitter un jour. Je te le promets. Mais ce ne sera pas ce soir, alors allons nous servir une autre coupe ! J'ai envie de tout oublier, ne fût-ce que le temps d'une fête !

— Quelque chose me dit que si Rodrigue brille ce soir, ce ne sera pas grâce à toi… plaisante Jane en se dirigeant vers le bar.

Enfin libre, Barnabé part à la recherche de Céleste et l'aperçoit en grande conversation avec d'autres convives. Il aimerait se joindre à eux, mais sa timidité le retient. Il s'encourage, se motive, se dit qu'il n'a rien à perdre. Elle ne serait pas là si elle ne l'aimait pas.

— Vous passez un bon moment ? lance-t-il en s'approchant du petit groupe.

Bien que sa question s'adresse à tous, son regard ne laisse aucun doute ; la seule réponse qui l'intéresse est celle de la jeune femme.

— Excellent, répond-elle, le sourire aux lèvres.

— Puis-je vous proposer quelque chose à boire ?

Barnabé lui offre son bras et son aisance le surprend. Il tente de ne pas songer à l'enjeu, à ses sentiments lorsqu'elle unit son bras au sien. Il se concentre sur ses pas pour oublier les frissons qui parcourent sa peau au contact de la sienne. Il lève la tête et poursuit la conversation en regardant droit devant lui pour éviter ses yeux, sa bouche, son cou, tout ce qui pourrait dissoudre son assurance dans un soupir.

Il réfléchit à toute vitesse pour aligner les mots susceptibles de lui plaire. Il vérifie qu'il s'engage dans la bonne voie en lui jetant un regard rapide. Sa compagnie lui est-elle agréable ? Oui, elle sourit. Alors, il ose enfin s'arrêter et se tourner vers elle.

Pourquoi est-ce si difficile d'être honnête ? Pourquoi ne peut-il pas juste reconnaître qu'il perd ses moyens ? Que son pouvoir de séduction à elle réduit le sien à néant ? Sans doute parce qu'il pressent que Céleste n'aimerait pas ce genre d'homme-là. C'est une femme fière et il en conclut que pour l'accompagner, il doit l'être également. Le visage de Céleste est lisse et la jeunesse seule ne suffit pas à expliquer la régularité de ses traits. Il les scrute mais impossible d'y lire ses états d'âme. C'est là que réside l'origine de tous ses maux.

Il est attiré par une femme experte dans l'art de dissimuler, alors que lui aspire à l'authenticité.

Pourquoi donc aime-t-on si mal ? À choisir exactement la personne qui ne nous convient pas ? Cette question-là, Barnabé n'y répondra pas. Il a approché ses lèvres de celle qui esquisse un sourire léger, mais certain. Sans s'interroger davantage sur ses perspectives de bonheur, il l'embrasse. Il caresse cette nuque étourdissante et enlace sa taille fine. En retour, le baiser de Céleste est accueillant, alors il lui propose de s'éloigner de la foule. Pour toute réponse, elle glisse sa main dans la sienne.

Lui plaît-il seulement ? Il l'ignore. Il l'espère.

Il aborde cette pente dangereuse, ce moment où il faut supputer tel un joueur de poker dont la main ne garantit pas la victoire. Doit-il lui proposer ce petit salon, qui domine les festivités mais ne leur accorderait pas l'intimité nécessaire, ou bien sa chambre, qui accueillerait tous les possibles mais risquerait aussi de la froisser ?

Il sonde son regard, mais à nouveau n'y voit rien. Il doit décider vite, car ils atteignent le perron et en haut des marches, il faudra prendre une direction. Quel poids la société impose-t-elle aux hommes en leur conférant l'initiative ! Soudain, il aimerait avoir à son bras une femme qui lui exprime clairement ce qu'elle désire. Alors qu'il faut choisir, un souvenir s'impose, celui d'une femme libre et joyeuse. Aussi forte que si elle avait été présente là, à ses côtés, elle l'éblouit et l'emporte dans un autre temps. Celui de leurs corps serrés, celui de cette bouche qui ose dire. Il secoue la tête dans l'espoir de dissiper ces images. Distraitement, il serre la main de Céleste un peu plus fort et elle pousse un petit cri, le ramenant à la réalité. Il faut oublier. Il faut se forcer.

Il regarde sa conquête et déjà, elle a perdu son éclat.

L'autre n'est plus là. Il doit aimer à nouveau.

Tel un robot, il se dirige vers les marches qui le mèneront à ce lit, à ce choix, à cette intimité qui peut le sauver. Dans un instant, ils seront nus, l'air brassé de soupirs, leurs chairs appelant l'extase. Bientôt, il pourra échapper au manque qui l'étreint. Une fois les yeux clos et sa peau chaude contre la sienne, les souvenirs de son ancien amour se dissiperont, comme si la disparue acceptait sa défaite, laissant la place à Céleste. La seule que Barnabé pourrait supporter. Parce que même nue collée contre lui, dans cette intimité où nul ne peut se cacher, elle maintiendra la distance, alliée indispensable à sa fierté.

Et dans cette juste distance seulement, il pourra s'abandonner.

14

Le journal de Théa

Au milieu des silhouettes dansantes, je n'ai évidemment vu que lui.

Je m'étais pourtant promis de ne pas analyser chaque détail, en quête d'une réponse. Je ne voulais pas scruter ses gestes, tenir le compte de celles qui se pressent contre lui, ni évaluer son degré de satisfaction lorsqu'il les enlace. Plus d'une fois, je me suis surprise à jauger le mouvement de sa bouche ; prenait-elle la forme d'un sourire, même léger ? Mon ventre se nouait déjà à cette idée. Cela signifierait que Lancelot peut exister sans moi, avec une de ces autres qui papillonnent autour de lui.

Même feignant l'intérêt pour la conversation, je devais être bien ridicule, assise sur l'herbe à l'admirer. N'importe quel observateur attentif n'aurait pas été dupe ! Il m'était pourtant impossible de faire autrement.

Comment peut-on être happé par un autre avec une force telle que plus rien ne compte, si ce n'est son corps en mouvement ? J'avais connu jusqu'ici une existence maîtrisée. Moi qui tenais toujours bon, je découvrais ce soir que l'on peut glisser telle une rivière qui ne choisit pas son cours.

Glisser et s'abandonner à lui, car même loin de sa peau, il m'est proche. Dans une danse que je suis seule à connaître, son ventre frôle le mien, mes mains effleurent son cou et tout mon corps balance au rythme du sien. Encore une fois, je m'extrais du présent pour ne vivre que ce rêve, celui de poser ma tête contre son torse et me laisser guider par lui.

Alors que les filles se relayent tel un barrage constant contre sa solitude, un instant, il me fait face. Je jurerais que par-dessus une épaule dénudée, son regard a capté le mien.

Il me fixe et dans ses yeux, je devine l'étonnement.

Comme s'il n'y avait jamais songé.

PARTIE II

Le 27 juillet 2011

« Placez votre main sur un poêle une minute
et ça vous semble durer une heure.
Asseyez-vous auprès d'une jolie fille une heure
et ça vous semble durer une minute.
C'est ça la relativité. »
Albert Einstein

Légende de Black

Avant, il n'y avait rien.
Aujourd'hui, il y a tout. Nous avons tout.
Et ce tout contient une liberté infinie.
De rester ici ou de partir.
De naître, de grandir, de mourir.
De marcher longtemps, de s'arrêter, de pleurer, de crier, de rire aussi.
Si avec le temps, votre être s'est figé, le 27 juillet vous offre une opportunité.
Celle de naître à nouveau.

1

Lettre de Jill Vogue à sa fille Théa, datée du 2 mars 2000

Ma jolie Théa,

Je poursuis sur ma lancée, espérant que ce récit t'accompagne d'une façon ou d'une autre. L'émotion est forte en prenant la plume ce matin, car je découvre tout ce que je voudrais te donner avec mes lettres. À travers elles, je voudrais être ta béquille pour les jours douloureux, une présence lorsque la solitude attaque de toutes parts, une source d'inspiration quand l'incertitude domine et toute autre énergie dont tu aurais besoin pour grandir. Peut-être trouveras-tu parfois mes lettres froides, concentrées platement sur mon récit de vie alors que je pourrais t'écrire mille déclarations d'amour. Et tu auras raison.

Malheureusement, c'est tout ce dont je suis capable pour l'instant. Si je devais te parler de mon amour pour toi, je ne réussirais pas à coucher le moindre mot tant ma peine serait grande. Alors, je me protège, je tente le compromis en me plongeant dans cette vie d'avant, lorsque j'avais encore

l'éternité devant moi, car, en son sein seulement, je peux tenir ce stylo et persévérer. Songer à mon existence plutôt qu'à ma mort prochaine.
C'est un mauvais compromis sans doute, mais c'est le seul que j'ai trouvé.

Lorsque je pense à mes débuts à Black, je ne me rappelle pas avoir été entourée d'une foule d'amis, je n'ai pas non plus l'impression de m'être sentie seule. J'avais pour moi cet optimisme béat qui m'incitait à croire que si personne n'était encore mon ami, tous l'étaient un peu en devenir. Ce n'était pas de la prétention, mais une stratégie de survie dans un quotidien qui manquait d'amour.
Dans cet état d'esprit, j'étais prête depuis toujours pour ce moment incroyable, celui d'une main qui se pose sur la mienne. Je me souviens de ce soleil qui décline, couvrant notre cour de récréation et les champs autour de reflets roses. Comme chaque jour, je suis assise sur mon banc, attentive à ces autres, mes futurs amis, lorsqu'il s'installe à mes côtés.
De peur qu'il s'envole tel un moineau effrayé, je m'interdis de le regarder et prie pour que ce moment se prolonge. J'ignore où je puise la force de patienter car finalement, je suis une enfant affamée de liens. Pourtant, je demeure tranquille, les mains posées de part et d'autre de mes cuisses sur le bois décoloré par les intempéries. Je veux si bien faire que je ne sais plus comment respirer et dans ce silence pesant, mon souffle me paraît bruyant, occupant plus que sa place.
Puis, vient cette chaleur, le contact d'une peau contre la mienne. L'on m'a si peu touchée que mon corps peine à identifier cette sensation et il faut un instant pour que je comprenne.
Nous restons longtemps sur ce banc, profitant de cette intimité nouvelle, mentons relevés, regards au loin, l'air de rien alors que mon monde vient de trembler.

Ta maman qui te souhaite beaucoup de tremblements de terre

2

Le 27 juillet 2011, 8 heures

Barnabé ouvre les yeux et se redresse dans son lit. Devant lui s'étend la pelouse, puis la mer. C'est la raison pour laquelle il ne ferme jamais les rideaux, afin que sa journée commence avec ce tableau. L'immense baie vitrée qui s'étire du sol au plafond et d'un bout à l'autre de sa chambre participe à ce désir. Voir tout, tout de suite, dès le réveil. Chaque matin, il s'offre ces quelques minutes de contemplation. Il sonde cette mer qu'il connaît bien, observe son mouvement, sa coloration particulière, ses rythmes, comme s'il prêtait attention à la confidence d'une vieille amie.

C'est son père qui lui a appris à débuter la journée par un temps de silence. Il prétendait que ce rituel l'aiderait à apaiser son esprit, à faire de l'espace en lui pour appréhender sa vie avec la clarté nécessaire. Homme d'affaires dynamique, son père était le genre d'homme à vouloir constamment optimiser son quotidien. Faisant de la performance une religion, il se forçait à prendre régulièrement de la hauteur, évaluer sa façon de fonctionner et l'adapter pour encore s'améliorer. Grandir sous le même toit qu'un père doté d'une telle ambition aurait pu être source de tension, contraindre Barnabé à progresser sans relâche. Pourtant, il n'en avait rien été. Très tôt, sa mère avait maîtrisé l'ardeur de son mari, exigeant une période de latence indispensable à l'enfance. Elle avait présenté ses arguments avec calme, mais autorité :

— Les enfants doivent faire leur propre expérience, vivre des échecs, perdre leur temps et se sentir heureux avec tout cela si on ne veut pas en faire des adultes rigides. *Comme toi,* aurait-elle voulu ajouter, mais il fallait rester constructif et elle savait combien son mari subissait son besoin de performance plus qu'il ne le contrôlait.

— Mais je veux qu'ils réussissent dans la vie ! protestait son pauvre père.

— Pour cela, ils n'ont besoin que d'une seule chose : la confiance en soi. S'ils parviennent à vivre avec tout ce qui les compose et tous les possibles de la vie, succès, erreurs et échecs, ils pourront matérialiser leurs plus grandes ambitions.

Plus tard, son père pourrait contribuer à leur ferveur. Pour l'heure, il devait se contenter de quelques conseils, approuvés préalablement par son épouse dont la détermination avait mis fin au débat. Barnabé avait bénéficié du meilleur des deux mondes, le calme et la passion, l'amour et la volonté, une mère et un père. Cette recette parfaite avait largement contribué à son succès et chaque matin en admirant la vue, il se rappelait le chemin parcouru. Cette vue prouvait sa réussite et suffisait à le gonfler d'énergie.

Un soupir léger l'incite à délaisser le spectacle pour se concentrer sur la présence de celle qui partage son lit. Son souffle est régulier et pratiquement inaudible, signe d'un sommeil profond. Il devrait la laisser tranquille, mais les courbes de la jeune femme sont irrésistibles. Doucement, il pose ses lèvres sur son dos et de baiser en baiser, remonte vers son épaule. Il dégage ses cheveux et l'embrasse dans le cou, à l'endroit précis où il peut aussi toucher le lobe de son oreille. Elle bouge légèrement et la couverture glisse, la dénudant encore.

Tout comme son père, Barnabé a son rituel pour bien commencer la journée.

D'une main chaude, il écarte une bretelle en soie et attire son corps à lui. Elle se laisse faire, mieux, elle se tourne et l'invite à se coucher sur elle. Il s'approche de son visage et effleure ses lèvres avec sa bouche. Le soupir en réponse l'encourage à poursuivre, alors il caresse à nouveau. Là et ailleurs. Enchaînant une suite de gestes maîtrisés que seuls connaissent les amants d'une année, il s'amuse de cette peau qui tremble, s'échauffe, rougit alors que le temps de la timidité est révolu. Il aime son trouble, fragilité de cette femme trop fière pour lui. D'un mouvement, il l'enlace et la serre contre lui.

Malgré tout, malgré l'autre, il s'est attaché. Il a appris à fermer les yeux quand le passé envahit le présent, il a compris comment s'en distraire pour se concentrer seulement sur Céleste, sur ce que la vie peut lui offrir aujourd'hui.

Il n'a nul besoin de voir le visage de sa fiancée pour sentir son plaisir. Son corps s'anime contre le sien, appelle comme il peut, implore la rencontre. Barnabé et sa superbe conquête. Barnabé qui est enfin parvenu à rester.

En s'engageant en elle, il songe à cet exploit.

3

Le 27 juillet 2011, 10 heures

— Crois-tu que Barnabé annoncera ses fiançailles ce soir ? demande Charlotte.

— C'est évident ! ironise Jane.

— Il faut reconnaître que cette relation bat tous les records ! Jamais il n'est resté aussi longtemps avec quelqu'un depuis son divorce, non ?

Charlotte étend les jambes devant elle et relève légèrement sa jupe pour faire bronzer ses mollets. Elle ne parviendra jamais à obtenir ce hâle tant convoité. Elle persévère, exposant sa peau blanche aux rayons, mais la seule couleur à laquelle elle semble pouvoir prétendre est le rouge écrevisse.

— Sérieusement, je ne comprends pas qu'un homme aussi beau, agréable et intelligent que Barnabé ne soit pas déjà remarié. Elles sont si nombreuses à se pâmer devant lui, est-il aveugle ? poursuit Charlotte.

— Tu crois qu'il ne les voit pas ? Je pense plutôt qu'il décide de ne pas les voir... répond Jane en bougeant le parasol pour qu'il suive la course du soleil et protège sa peau fragile.

Même vêtue d'un simple maillot noir piqué d'un bord blanc, Jane parvient à être élégante. Allongée sur une chaise longue, elle a relevé une main au-dessus de sa tête et cette posture, qui pourrait paraître négligée chez une autre, embellit encore sa silhouette impeccable. Charlotte l'observe discrètement, elle compare ses courbes aux siennes, évalue la chair, l'épaisseur de ses cuisses au regard de celles, fuselées, de son amie. Elle imagine ce que son mari penserait, à la vue de leurs deux corps. Ce qu'il dirait s'il osait s'exprimer franchement. En réalité, il ose toujours s'exprimer franchement.

Les remarques ont commencé quelques années auparavant, après la naissance de leur cadet. Rien de bien méchant. C'est leur fréquence et leur régularité qui heurte le plus la jeune femme. Le fait qu'elles ne soient compensées par aucun compliment aussi.

D'autant qu'après deux enfants, Charlotte a conservé une ligne tout à fait convenable. Tout le monde ne peut pas être Jane Langloy, après tout ! Charlotte est pulpeuse depuis l'adolescence, ce qui avait d'ailleurs séduit son mari. Le même mari qui, aujourd'hui, multiplie les critiques, distraitement, comme si celles-ci ne pouvaient pas la blesser. Il les lance par-dessus un journal, en enfilant une veste ou pire, la main sur le combiné, interrompant une conversation téléphonique pour évaluer et constater. Il les assène avec ce ton banal, propre aux commentaires qui ne pèsent pas. Charlotte les voit toujours arriver. Le visage de Rodrigue les annonce à chaque fois de la même manière. Il fronce les sourcils, mordille sa lèvre inférieure et dans la seconde, la critique fuse, le tout à un rythme tristement hebdomadaire.

Charlotte, es-tu certaine que cette robe est à ta taille ? Elle n'est pas trop étroite au niveau des hanches ?

Ma chérie, je crains que ce t-shirt ne soit plus de ton âge !

On ne garderait pas le reste du gâteau pour demain ? Charlotte, sois raisonnable enfin !

Des remarques anodines qui, soutenues par un regard, un geste, une main qui se pose sur la sienne pour la freiner dans sa gourmandise, se transforment en moments décisifs. Autant de futilités qui n'en sont plus dans une histoire d'amour dépourvue d'affection. Si, de temps en temps, il y avait un mot gentil, il suffirait à diluer l'acidité des critiques, offrant l'opportunité de se concentrer sur autre chose que sur ce corps qui refuse de changer. Charlotte a pourtant multiplié les efforts, le sport et les régimes, mais sa corpulence s'impose, conformément à sa nature, petit paquet de gènes qui décide de tout ou presque.

Impuissante à plaire, elle a finalement renoncé, les réprobations de son mari la confortant dans une posture passive.

Elle ne serait plus jamais jolie pour lui. Désormais, elle serait celle dont la silhouette est presque engageante.

Son regard s'attarde encore sur son amie. Avec pareille allure, Jane doit certainement ignorer les affres d'un mari déçu.

— Comment va Rodrigue ? demande Jane en ôtant ses lunettes de soleil.

— Toujours très occupé par ses nouvelles responsabilités. Sa société vient d'en absorber deux autres et j'ai l'impression que cette opération a également englouti nos soirées ! répond Charlotte en riant.

— Rien de neuf, donc ? rétorque Jane.

— Si ce n'est que sa vie professionnelle ressemble davantage à une maîtresse accaparante qu'à un moyen de générer un salaire… non, rien de neuf ! Tu devrais voir l'éclat dans son regard quand il en parle ! L'émotion est si forte que j'ai parfois l'impression qu'il a les larmes aux yeux ! ajoute Charlotte avec un léger pincement au cœur.

Jane se tourne sur le ventre pour faire face à son amie. Elle s'appuie sur ses coudes et sa chevelure glisse sur ses épaules, formant un halo chaleureux.

— Pourquoi ne lui dis-tu rien ?

— J'ai essayé, mais j'ai alors eu droit à un laïus sur l'importance du travail, l'exemple qu'il offre à ses enfants, la nécessité d'être un homme d'action, la satisfaction que cela lui apporte. Parfois, il ajoute même que nous ne sommes plus de jeunes amoureux... Je n'ai pas envie d'insister, peut-être qu'il a raison d'ailleurs, que notre temps est révolu...

— Nous avons à peine quarante ans ! s'offusque Jane.

— C'est facile à dire pour toi, tous les hommes se retournent sur ton passage.

— Arrête avec cela ! Tu es trop jeune pour abandonner une vie de couple et te résigner à te contenter de petits gâteaux pour calmer tes appétits !

— Mes appétits, répète Charlotte en pouffant. Je t'adore Jane !

— Mais c'est vrai ! Regarde-toi ! Tu es une jeunette ! Intelligente, jolie, drôle, comment peux-tu accepter cela ?

Pour toute réponse, Charlotte soupire. Cette conversation est devenue un rituel entre elles et elle connaît par cœur les répliques de son amie.

Pourquoi ne pas lui dire qu'elle a déjà tout essayé et que le renoncement n'est pas un choix, mais une fatalité ? Sans doute parce qu'avec l'obstination de Jane, elle peut encore rêver. Rêver qu'il n'est pas trop tard. Rêver que Rodrigue n'est pas déjà parti.

4

Lettre de Jill Vogue à sa fille Théa, datée du 30 mars 2000

Ma Théa chérie,

Le rituel du banc, de nos mains qui se touchent, se répète pendant quelques jours avant que l'un de nous prononce un mot. Je sais désormais que je peux compter sur sa chaleur en fin de journée et cette perspective change tout pour moi. La vie morne de mon foyer, le désintérêt de mes parents, tout devient prodigieusement secondaire depuis que Barnabé Quills est mon ami.

Contre toute attente, notre déménagement à Black ne profite pas à mes parents. Ma mère a toujours ses migraines et mon père est usé par son travail et ses obligations de père de famille. Enfin, c'est ce qu'il dit. Ils se plaignent de leur fatigue, exigent un calme complet que notre joyeuse fratrie tente de leur procurer. Bref, rien de bien vivant sous ce toit-là, mais qu'importe, désormais, il y a une vie ailleurs.

Je me rappelle précisément ce premier matin à la plage. L'école vient de fermer ses portes pour huit semaines, une éternité pour l'enfant que je suis. Heureusement, Barnabé a proposé de nous retrouver à 9 heures dès le premier jour des vacances. J'ai beaucoup réfléchi à la façon dont je présenterais les choses à mes parents. Non pas que leur contribution soit nécessaire ! Je peux préparer seule mon pique-nique, mon sac de plage et m'y rendre en vélo, mais je dois au moins les informer de mon absence.

Éveillée dès 6 heures par l'excitation, je cogite, affinant les différentes options élaborées les jours précédents.

Faut-il que je reste vague, prétextant simplement une longue promenade en vélo ?

Faut-il que je parle d'eux, mes amis, alors que mes parents ne semblent en avoir aucun ?

Vaut-il mieux que j'embarque un aîné avec moi, offrant les garanties d'une escapade en toute sécurité ?

Je ne parviens pas à me décider lorsque j'entends ma mère appeler ma sœur, de dix-huit mois mon aînée. Je me dirige vers sa chambre et m'arrête sur le seuil. Ma mère est occupée à ranger quelques affaires.

— Marie ! Marie ! Où es-tu ? se lamente ma mère.

Pour seule réponse, le silence.

— Marie ! s'énerve-t-elle.

— Elle n'est pas là, répond mon frère Alexandre sans autre explication.

— Très bien, fait ma mère en haussant les épaules. Elle doit déjà être partie pour l'école. Espérons qu'elle sera de retour à temps pour m'aider à préparer le dîner !

Sa remarque me glace le sang tant elle contient de négligence et de dédain. Ne s'inquiète-t-elle donc pas de savoir où est sa fille de dix ans à 7 heures du matin ? N'a-t-elle pas envie de l'embrasser avant de commencer sa journée ? Et surtout, comment ma mère peut-elle ignorer que les vacances ont débuté ?

Ces questions en suscitent d'autres, comme si ces quelques mots m'éveillaient à une nouvelle dimension. En quelques

secondes, je révise notre relation, passant en revue ces moments qui telles des perles s'enfilent pour créer un lien. Je découvre avec effroi que le baiser du matin est à mon initiative, mes lèvres sur sa joue, jamais le contraire, qu'elle tend celle-ci sans sourire, comme une obligation de plus dans une journée déjà chargée. Je comprends soudain que si elle ne me prend pas dans ses bras, ce n'est pas par manque de temps ou parce qu'elle a trop chaud, mais parce qu'elle n'en a pas envie. Mes parents ne sont pas seulement ternes, stricts, oublieux, ils sont aussi dépourvus d'amour.
Cette vérité me paralyse. Ma mère ne m'aime pas. Lui, je me doutais, mais elle… J'espérais encore.
Je reste un instant debout dans l'embrasure de la porte, à la regarder, ahurie, défaite, hurlant silencieusement ma peine. Incapable de bouger, les bras ballants, les jambes molles, le ventre déchiré par ce coup de poing. Puis, sur un ton sec, elle prononce ces quelques mots qui me font définitivement basculer dans le monde des adultes.
— Que fais-tu, Jill ? Quelle idée de rester bêtement plantée là ! Va t'habiller ! Tu vas être en retard pour l'école !

Alors, comme une adulte, j'ai découvert la liberté.

Ta maman

5

Le 27 juillet 2011, 11 heures

Comme tous les 27 juillet, Arthur Vogue est extrêmement sombre. Madeleine est habituée à la mauvaise humeur de son employeur. Loin des regards, il s'y donne à cœur joie ! Le genre d'homme qui marmonne ses bonjours, ponctue ses paroles rares d'un froncement de sourcils réprobateur et ne lâche que rarement un merci.

Arthur a posé sa tasse de café à quelques centimètres à droite de son assiette, signe qu'elle doit être remplie à nouveau. Ce sont ces petits gestes, ces exigences silencieuses qui la blessent le plus. Comme si Madeleine, à son service depuis presque vingt ans, ne méritait même plus un mot. Un geste suffit lorsque l'on dresse un animal, pense-t-elle. Au moins quand il se plaint, elle reprend sa qualité d'humain, apte à comprendre les mots, même s'ils sont injustes.

Lorsque parfois, elle est distraite et ne remarque pas le déplacement de la tasse, il tapote l'anse avec l'index et un tintement léger se fait entendre. Voilà ce à quoi il faut être attentif : un mouvement, un soupir, des yeux qui se lèvent pour marquer l'exaspération. Il lève l'index, prêt à la rappeler à l'ordre, mais elle s'empare à temps de la porcelaine délicate et file à la cuisine faire son travail.

Madeleine connaît par cœur la liste de ces ordres muets, petits conforts issus du quotidien. Un à un, ils ont émergé dans le silence, comme un contrat inéquitable entre celui qui paie et celle que le bon cœur contraint à rester. Dans ces conditions, pourquoi Madeleine est-elle encore à son service ? Ce n'était pourtant pas une nécessité ! Avec son expérience, son sens du détail, ses talents culinaires et pédagogiques, elle aurait pu être l'alliée précieuse de plus d'une famille !

La gouvernante résiste pour la petite. Il lui faut une présence douce et Madeleine a choisi d'endosser cette responsabilité. Arthur Vogue et sa fille Théa forment les restes d'une famille, mais ne semblent plus rien avoir en commun. Leur relation est une plante verte qui s'obstine à vivre sans eau ni lumière. Ils se fréquentent lorsqu'ils y sont contraints, se saluent quand le couloir est trop étroit pour s'ignorer et, plus rarement, ils se parlent, mais sur un ton et avec des mots dénués d'affection.

Bien qu'agacée par l'hypocrisie de Monsieur Vogue, gentleman courtois avec autrui, mais reclus en son foyer, elle espère toujours que le temps adoucira son tempérament. Elle songe à l'épouse disparue, à combien elle aurait voulu que ce soit elle qui reste. Même si cela ne lui ressemble pas, Madeleine ne peut s'en empêcher.

Heureusement, Théa tient de sa mère. Elle en est la réplique troublante, fragile et forte, élancée, lumineuse. Ce matin encore, en la découvrant dans sa somptueuse robe de bal, elle a cru madame ressuscitée. Le même regard vert brillant, la même chevelure blonde, les mêmes mains gracieuses qui s'ouvrent quand elle s'exprime comme si chaque chose et chacun étaient bienvenus. Un instant, Madeleine s'est laissée aller à la rêverie, imaginant son quotidien si Jill Vogue était encore à ses côtés. Sans doute attendraient-elles que monsieur parte pour se prélasser, un thé à la main, face à l'étendue bleue. Allongées sur des chaises longues, elles pourraient alors à nouveau se tutoyer, s'appeler par leurs prénoms, se confier leurs histoires telles de vieilles amies. Jill lui raconterait son dernier dîner, elle décrirait avec soin tant les mets que la personnalité des convives, des détails drôles, un moment touchant, sachant relever au milieu des mondanités l'unique, le beau, l'émouvant. Son récit emporterait Madeleine loin des éviers sales, des lits à aérer et des mains qui s'assèchent à force de récurer. Jill Vogue offrirait ce voyage à son amie, comme l'on tente de faire plaisir à un proche en lui prodiguant exactement ce dont il a besoin.

Une voix qui enveloppe quand l'embrun s'attarde.

6

Le journal de Théa

J'AI UN SECRET.

Chaque année, à la même date, je tombe de mon lit. Une seule nuit par an, les autres sont paisibles. La première fois, j'ai six ans. Je me réveille, allongée sur le sol, l'épaule droite douloureuse. J'appelle à l'aide, mais personne ne vient me secourir. Madeleine doit être de sortie et mon père n'entend plus rien depuis longtemps. Et elle, celle dont j'ai tant besoin, a disparu un an plus tôt.

Je tente de me rassurer. Il s'agit certainement d'un cauchemar. Je me répète que cela n'arrivera plus et les nuits suivantes me donnent raison.

Il faut attendre un an pour que l'événement se produise à nouveau. Sept ans et le genou droit. Un autre cauchemar, ai-je pensé, sans prêter attention à la date. Comment aurais-je pu d'ailleurs ? À six ans, la temporalité reste vague, on glisse de journée en journée, les saisons se précisent, mais pour les mois, c'est encore tôt.

Huit ans et la tête qui heurte la table de nuit lors de l'atterrissage.

Neuf ans et les deux coudes.

Chaque fois la même date. Bizarrement, alors que c'est une date essentielle pour moi, je ne réalise la coïncidence qu'après la chute de mes dix ans.

Cette découverte adoucit beaucoup cette nuit particulière puisque, désormais, je peux m'y préparer. J'ai sans doute l'air stupide, à disposer tous ces coussins autour de mon lit, à les utiliser pour protéger les coins de la table de nuit, mais c'est le seul moyen pour parvenir à m'endormir. Madeleine m'aide en glissant un matelas à côté de mon lit, elle me promet de laisser nos portes ouvertes pour être là si besoin. Je la soupçonne même de rester éveillée, à attendre ma chute car lorsqu'elle accourt, elle ne paraît pas émerger d'un profond sommeil.

Je ne vais pas vous mentir : il n'est pas simple de s'endormir lorsque la chute est proche. Cette sensation désagréable de tomber, même si l'accueil est douillet, me hante et je me retourne pendant des heures dans mon lit avant de sombrer.

Pourquoi cette chute ? Pourquoi le jour de sa mort exactement ? J'ai tout tenté pour y remédier : lait chaud, décoction de plantes, huiles essentielles, médecin, psychologue, hypnotiseur, acupuncteur... Mais rien n'y fait.

Je tombe ! Chaque 14 août, je tombe !

Et au creux de la nuit, je me souviens de ses bras, de son ventre, de son cou dans lequel j'enfouis mon visage pour pleurer.

Même si je n'y crois plus depuis longtemps, je tente de me concentrer sur l'histoire des fées pour me distraire. Ma mère me racontait que lorsqu'un paysage se teinte de rose, un nuage, un champ, un arbre, c'est que les fées s'y sont réunies pour danser. Du doigt, elle me montrait le toit de la maison en s'exclamant qu'elles étaient toutes là pour me protéger. Dès le coucher de soleil, j'apercevais les fées s'agglutiner et je m'endormais en rêvant à leur fête.

Mais, tel un sort dont aucune fée ne peut venir à bout, la chute se répète.

Faudrait-il que j'agisse, mais pour faire quoi ?

Faudrait-il que j'ose ?
Pour ne plus tomber, devrais-je sauter ?

Mes trois rêves pour cette année :
Ne plus tomber
Que Lancelot soit enfin libre
Vraiment, que Lancelot soit ENFIN libre

7

Le 27 juillet 2011, 14 heures

IL FAIT PARTICULIÈREMENT CHAUD, même pour un 27 juillet. Ils ne sont pourtant que quelques-uns à profiter de la plage. Les filles se sont rassemblées à l'ombre des parasols pendant que les garçons jouent au frisbee, les mollets immergés dans une eau cristalline. Toutes les deux heures, les adolescentes pratiquent ce rituel, appris enfant. Elles s'assoient en tailleur et en file indienne, chaque dos s'emboîtant dans un jeu de jambes dorées par le soleil. Sans cesser leur conversation, elles se passent l'unique tube de crème solaire qui ne survivra pas à la journée et étalent la protection sur un dos, des épaules, une nuque qu'elles connaissent bien. Les mains s'activent pour enduire la peau, dispensent au passage un petit massage et selon l'humeur, quelques chatouilles. Les liens se sont tissés, parfois malgré elles, à force de se fréquenter, de se plier à ce rituel-ci et à d'autres.

Théa tente toujours de se placer devant Amélia. Elle n'apprécie pas ce contact physique et Amélia le sait, alors elle s'empresse d'étaler la crème, la paume légère, le geste rapide. Elle ne s'attarde pas une fois la mission accomplie, mais repose ses mains sur ses genoux pendant que d'autres prolongent ce moment.

— Dites les filles, nous aussi, on a besoin d'un peu de crème… lance Lloyd depuis l'eau.

— Oh oui, mettez-nous de la crème, supplie Lancelot en se mettant à genoux les mains jointes.

Les garçons se rapprochent d'un pas lent, bombant le torse devant cet enchevêtrement de jolies jambes. En quelques mois, Lancelot a gagné une carrure qui lui donne une allure rassurante, contredite aussitôt par ses joues d'enfant. Théa l'observe discrètement. Après des mois de pratique, elle a acquis une certaine maîtrise. Elle fait mine de contempler l'horizon, alors que tout ce qui l'inspire est à la verticale. Ils viennent s'abriter sous les parasols. Lancelot reste debout, à quelques centimètres d'elle. Il passe une main dans ses cheveux pour écarter les mèches trop longues. Une nouvelle coupe, songe Théa. Il faut être branché lorsque l'on sort avec Diane Lemoy.

— Moi, je peux t'en mettre, propose Diane avec un sourire malicieux.

Diane et Lancelot sont ensemble depuis un an. Il n'est pas rare que le 27 juillet soit la date anniversaire d'un couple à Black, comme il n'est pas rare de connaître un baby-boom au creux du printemps. Leur couple est une évidence aux yeux de tous. Il fallait qu'il l'embrasse ce soir-là. Peu importent ses désirs, cette voie-là semblait la plus facile. Qui résisterait à la plastique élancée de Diane, à son assurance naturelle, à ses élans voluptueux ? Certainement pas le jeune Lancelot qui a bu un verre de trop ! Malheureusement, un non-choix est rarement un fait isolé. S'en est suivi le non-choix du lendemain, celui de baisser la tête et se taire plutôt que d'expliquer son erreur, puis tous les autres, celui d'embrasser à nouveau, de se déshabiller encore, d'éluder les regrets en s'abandonnant à un plaisir facile. Renoncer à chaque fois, étourdi par sa beauté. Lancelot et Diane sont devenus un couple lisse, une histoire simple, car au fond, aucun des deux n'est vraiment engagé.

À force de se côtoyer en classe et après l'école, ce couple parfait a pourtant pris de l'âge. Il est comme ces habitudes qui s'immiscent dans le quotidien, une commodité dont la paresse empêche de se dégager.

Pendant quelques secondes, Lancelot demeure immobile, évaluant la proposition de sa chère et tendre puis, docilement, va s'asseoir près d'elle.

— Et moi, qui se dévoue ? demande Lloyd.

— Nectaria ? essaie Amélia en riant.

— Jalouse ? rétorque Lloyd.

— Pas vraiment, le taquine-t-elle avec une moue adorable. Enfin, si. Comment résister à ce magnifique torse musclé ? Comment ne pas en rêver chaque nuit ? Mais, Lloyd, pourquoi nous fais-tu vivre cet enfer ; nous imposer tant de beauté sans que l'on puisse y toucher ?

Amélia s'est approchée de lui, rampant à moitié, balançant les fesses, simulant griffes de lionne et autres gestes lascifs, encouragée par les rires des autres. Lloyd demeure stoïque, debout, le menton haut, comme si Amélia ne se consumait pas de désir à ses pieds.

— Quand comptez-vous me lâcher avec cette histoire ? Nectaria, c'est du passé. Un amour impossible. J'étais jeune, idiot, tout ce que vous voulez, mais laissez-moi tranquille avec cette erreur de jeunesse ! dit Lloyd sur un ton ferme.

La jeune fille se lève et dépose un rapide baiser sur la joue de sa victime, puis s'éloigne en leur criant à tous :

— Le dernier dans l'eau a…

Le vent emporte ses derniers mots et la petite bande se lève aussitôt pour la rejoindre.

Seuls Lancelot et Théa s'attardent à l'abri du soleil, distants de quelques serviettes aux couleurs passées. Avec ces autres qui font écran entre eux et dont le flot de paroles est incessant, ces deux-là ne se parlent jamais. Ils regardent droit devant ceux qui s'amusent, légers dans les vagues, légers dans leurs envies. Les minutes s'écoulent et avec le silence, leurs présences prennent toute la place. Ils savent qu'ils devraient tourner la tête, considérer l'autre, lui parler, occuper ce vide que tous cherchent à combler. Mais eux restent ici, dans cet univers incertain, sensible au vent, aux soupirs, aux espoirs qui se forment.

Dans un mélange de délice et de crainte, Théa voudrait s'extraire du temps qui les force à se lever et poursuivre leur course quotidienne.

Car finalement, pourquoi continuer si tout est ici ?

8

Lettre de Jill Vogue à sa fille Théa, datée du 4 avril 2000

Ma pétillante Théa,

Je m'en suis un peu voulu de te livrer telle quelle ma vérité. Peut-être devrais-je t'offrir une version édulcorée de mon enfance ? En raconter suffisamment sans en dire trop ? Seulement, le souci avec cette façon de procéder est qu'elle ne me ressemble pas.

Même si j'ai dû parfaire mon attitude pour la rendre acceptable parmi eux, rien de ce que je suis n'est mort. Ni ma spontanéité ni ma franchise. Elles sont indispensables pour transformer les traumatismes en autant d'expériences qui ne me détruisent pas.

En réfléchissant, j'ai compris que je voulais tout te raconter simplement. Même lorsque la vie nous prive d'une affection vitale, il existe toujours de l'amour quelque part. Parfois, il faut attendre, lutter, chercher encore, mais l'amour est là.

J'ai très vite acquis cette certitude et avec le recul, ma conclusion est que la vie donne autrement. Certes, j'avais

reçu ces parents dénués de tendresse, mais pour survivre, j'étais née avec une aptitude au rêve qui m'aiderait à patienter. J'étais une enfant tendue vers le futur, née pour être ailleurs, vibrante de cette résolution particulière qui anime les audacieux.
Alors, ne crois pas que j'étais triste. Un peu parfois, car la vie n'était pas simple, mais j'avais devant moi un monde de merveilles.
Et j'ai eu raison. Prends un moment pour t'observer dans le miroir, admire le plus beau cadeau que la vie m'ait donné ; chacune de mes souffrances passées est infime au regard de l'immense joie qui m'habite aujourd'hui.

Alors où en étais-je ? Bien sûr ! L'été idyllique de mes neuf ans.
Quelques jours sont nécessaires pour que ma mère réalise enfin, la chaleur aidant, que l'année a avancé et que les vacances scolaires sont devenues une réalité. Elle les redoute plus que tout ! « Gérer toute cette marmaille affamée des semaines durant, quelle plaie ! » s'exclame-t-elle souvent, comme si son attitude à notre égard n'était pas déjà limpide. En devenant maman, tu découvriras, ma chérie, combien les enfants sont prodigieusement intelligents. Avec une facilité déconcertante, ils saisissent la complexité d'un environnement et, proches de leur vraie nature, ils s'adaptent pour survivre. De même, nous avons appris à ne pas nous attarder là où notre présence n'est pas désirée. Chacun à sa façon, nous trouvons refuge ailleurs, dans ce qui s'apparente à une famille d'adoption.
Dans ces autres familles, nous découvrons à quoi peut ressembler une existence normale et cette perspective nous galvanise ! Nous sommes des spectateurs particulièrement attentifs, glanant toute nouvelle information telles des pépites précieuses. Nous admirons ces autres parents, ahuris de constater combien ils peuvent être souriants et loquaces ! Au départ, je suis déroutée par ces tablées bruyantes où tous veulent s'exprimer à la fois, raconter un exploit, livrer une envie ou même chanter une chanson ! Chanter à table ? Tu

dois me trouver bien naïve, mais je n'aurais jamais cru cela possible ! Avoir une opinion avant d'atteindre la majorité semblait déjà risqué !
Tout est si différent que parfois, je suis perdue. Cette exaltation me donne le tournis tant mes sens ont peu été sollicités dans le silence de ma maison. Je contemple les autres rire, utiliser des expressions inconnues, parler de projets que je croyais utopiques. Leurs parents se touchent, s'enlacent et s'embrassent même sur la bouche, un geste dont je n'ai jamais été témoin chez les miens. Encore aujourd'hui, l'existence de notre fratrie me paraît tenir du miracle !
Tu l'auras peut-être deviné, mais ma famille d'adoption est celle de Barnabé Quills. Mon premier ami. As-tu remarqué combien les choses s'agencent facilement entre ceux qui s'apprécient ? Barnabé m'a-t-il invitée chez lui ? Lui ai-je demandé l'hospitalité ? Je ne me rappelle pas, mais dans mon souvenir, nous avons passé notre été ensemble.
Chaque matin, nous nous retrouvons à la plage à 9 heures et la journée est consacrée à la baignade, aux balades en vélo, à l'escalade d'arbres ou de rochers et aux goûters réputés de madame Quills. Je suis fascinée par la joie que sa mère a à rivaliser chaque jour avec ses gâteaux de la veille, comme si l'apogée de son existence tenait dans nos sourires conquis.
Au fil des jours, la plainte originale de ma mère se mue en une formule plus sournoise qui nous laisse aussi coupables qu'impuissants. Au retour de nos journées à la plage, elle nous l'assène en nous servant nos tartines du soir : « Tout le monde m'abandonne maintenant, personne ne m'aime ici. » Pétris du bonheur que l'on trouve ailleurs, nous ne savons quoi répondre… S'agit-il seulement d'une demande ? Elle en a l'allure, même si l'inflexion relève davantage de la lamentation. Nous nous regardons, attendant que le plus vif de la fratrie donne le ton, nous guide dans ce brouillard d'émotions qui court-circuite le fonctionnement normal de nos cerveaux. Que dire à cette femme, notre mère ? On nous apprend qu'il ne faut pas mentir, mais devons-nous lui révéler alors que nous ne l'aimons plus ? Ou plus beaucoup ? Que ce n'est pas volontaire, que nous

ne souhaitons pas la blesser, mais qu'aimer sans l'être en retour est trop douloureux pour persévérer. Pressentant que le silence est préférable à l'honnêteté, je me contente de l'approcher et d'embrasser sa main rêche d'avoir trop lavé. Dans une sorte de procession sinistre, les autres suivent, tête baissée, blâmables comme moi d'avoir choisi le bonheur.

Cet été bouleverse mon univers avec une force peu commune, fusionnant la lumière du monde des autres à la noirceur du mien. Et dans l'éclat qui a jailli de ce mélange, ma certitude s'est forgée. Moi aussi, je veux être heureuse. Un jour, je les quitterai.

Ta maman

9

Le 27 juillet 2011, 17 heures

DEPUIS LE HALL, Théa entend son père qui discute avec des amis sur la terrasse. Comme à chaque fois, sa gorge se noue. Elle tente de monter discrètement dans sa chambre, mais il l'appelle.

— Théa, c'est toi ? Viens ici, je prends un verre avec Georges et Henri, lance-t-il sur un ton mielleux.

À regret, la jeune fille se dirige vers le jardin. Elle n'aime pas ces moments-là. Ils pourraient représenter une trêve, mais rien ne l'écœure plus que cette comédie.

— Oui, papa ?

— Viens te joindre à nous ! Vous vous souvenez de ma fille ? demande-t-il à ce qui ressemble à des clients potentiels.

Ils acquiescent alors qu'ils pourraient tout autant admettre que non. Son père passe une main dans le dos de Théa, pour montrer au monde leur proximité et elle se force à sourire. Tout en faisant mine de suivre la conversation, elle cherche un prétexte pour s'éloigner de lui.

— Je dois aller me préparer, s'excuse-t-elle.

— Déjà ? Mais il n'est que 17 heures ! À ton âge, pas besoin de se pomponner pendant des heures, si ? affirme-t-il, le visage soudain crispé.

— Nous allions partir de toute façon, poursuivent les invités en se levant. Monsieur Vogue, ce fut un plaisir. Mon assistant prendra contact avec vous pour convenir des détails de notre collaboration.

Ils lui tendent la main, ne lui laissant d'autre choix que de les accompagner vers la sortie.

Une fois les convives partis, le visage de son père se ferme. C'est à chaque fois la même chose. L'homme agréable disparaît au profit du père taiseux.

Plus jeune, Théa pensait que c'était la tristesse après le départ de sa mère qui le poussait à se replier de cette manière. Pourtant, le temps n'avait pas aidé. Au contraire, la distance d'Arthur Vogue s'était doublée d'une forme d'agressivité à l'endroit de sa fille. Il n'était pas violent – il ne le serait d'ailleurs jamais, il ne haussait même pas le ton, il se préservait seulement de toute forme de relation.

Bien sûr, lorsqu'ils étaient en présence des autres, son père faisait un effort pour paraître normal, mais une fois seuls chez eux, il redevenait lui-même. Un homme qui refusait la rencontre avec la personne la plus importante, sa fille Théa.

Enfant, elle s'était souvent reprochée de ne pas savoir s'y prendre. Le jour de ses douze ans, alors qu'il avait encore une fois oublié son anniversaire, elle avait revu sa position. Elle était lasse d'essayer de bien faire pour obtenir, en vain, l'attention de son père. Elle commençait à se demander si le problème ne venait pas plutôt de lui.

Madeleine lui avait raconté que son père était comme cela depuis longtemps. Même s'il multipliait les efforts avec sa mère, il avait toujours manqué d'aisance dans ses relations. Il avait peu d'amis et ceux-ci étaient davantage des relations de travail que le fruit d'une affection particulière. Théa aurait pu être apaisée par ces propos, mais ils n'avaient fait qu'attiser sa curiosité.

Adolescente, elle avait tenté diverses approches, certaines diplomates, d'autres plus percutantes, mais la réponse de son père demeurait identique. Celui-ci lui fournissait tout le confort nécessaire, alors pourquoi ne le laissait-elle pas tranquille ? Il se sentait dans son bon droit et ne voulait plus être dérangé par une adolescente capricieuse, incapable de se satisfaire de ce qu'il pouvait lui apporter. Il éludait ses questions d'un geste de la main, sans même lever la tête de son journal. Il soupirait lorsqu'elle persévérait, la gratifiait parfois d'un regard avant de retourner à ce qui l'occupait.

La jeune fille ne pouvait pourtant pas renoncer. Comment aurait-elle pu, sans sa mère à ses côtés ?

Théa voulait élucider le mystère qui entourait le manque d'intérêt de son père. Cet homme était capable de prononcer des phrases entières, de s'intéresser à autrui, de sourire et même si cette attitude lui coûtait, il y arrivait, alors pourquoi pas avec elle ? Cette question alimentait une injustice qui ne la laisserait plus tranquille. Théa était condamnée à essayer, puis à rater.

Au fil des années, ce manque d'amour avait transformé la jeune fille revendicatrice en une jeune femme perplexe, manquant d'assurance dans ses relations comme dans la vie.

Arthur marmonne quelques mots au sujet de ses nouveaux clients. Théa se contente de monter dans sa chambre, espérant que Madeleine est à la maison.

— Théa, ma chérie !

Elle sursaute tant le contraste est fort, la chaleur de la voix de Madeleine après la distance de son père.

— Oh pardon, je t'ai fait peur ! Alors, comment c'était cette journée à la plage ?

— Agréable, répond Théa avec un faible sourire.

Dans les moments difficiles, elle se détache d'une réalité avec laquelle il lui faut ensuite renouer. Pour revenir ici, la jeune fille se force à observer Madeleine, ses mains qui lissent la soie de sa robe pourtant impeccablement repassée, le contentement qui anime son visage, ses yeux qui parcourent l'ensemble pour traquer un défaut.

— Ta robe est prête. J'ai fait les derniers ajustements ce matin ! continue-t-elle.

Face au regard perdu de la jeune fille, Madeleine pose ses mains sur les joues de Théa et lui sourit.

— Ton teint est magnifique ! dit-elle doucement.

Elle pourrait tout aussi bien dire *Tu vas y arriver, tu sais* ou *Tout cela sera plus simple un jour, je te le promets.*

— Lancelot Quills va être soufflé ! ajoute-t-elle avec un clin d'œil.

Madeleine saisit une brosse à cheveux et s'attaque à la chevelure emmêlée de la jeune fille. Elle ne peut s'en empêcher, c'est sa façon de lui accorder un temps supplémentaire dans une enfance avortée.

— Arrête de rêver, il connaît à peine mon existence.

— Comme tu es naïve, Théa chérie ! réplique Madeleine en riant. Ce n'est pas parce qu'un garçon t'ignore qu'il n'est pas séduit, bien au contraire ! C'est même l'ingrédient essentiel à toute grande histoire d'amour : la surprise qu'elle contient ! Le fameux retournement de situation ! Un don juan qui croyait ne jamais pouvoir aimer mais qui aime soudain, un autre qui découvre la beauté cachée d'une amoureuse potentielle et succombe à son charme ! Enfin, Théa, tu n'y connais donc rien ?

— Lancelot est amoureux de Diane, la perfection incarnée, ce qui m'ôte toutes mes chances. Il ne m'adresse même pas la parole.

— On peut aimer en silence, protégé dans les bras de l'autre. L'amour effraie, tu sais ! affirme Madeleine avec aplomb.

— Je t'adore, Madeleine. Oui, Lancelot se consume d'amour pour moi, c'est évident. Tu aurais dû voir combien il m'a aimé aujourd'hui à la plage, c'était pratiquement indécent !

— Moque-toi donc de la sagesse de tes aînés, va ! Allez, si tu essayais ta robe, j'ai envie de rêver un peu moi aussi !

— Avant de prendre ma douche ?

— S'il fallait tout faire correctement ma chérie, quel ennui ce serait ! Essaie juste pour le plaisir ?

Madeleine n'est pas dupe, elle sait que dans un instant, la vue de Théa en robe longue va l'émouvoir. Chaque année, le trouble est plus grand. La silhouette élancée, les cheveux blonds bouclés, le port de tête altier, tout dans ce petit bout de femme évoquera sa mère, son amie. Il faudra maîtriser cette lèvre prête à trembler, ravaler les larmes, s'exprimer malgré l'émotion. Chaque 27 juillet, c'est la même chose.

Quelques minutes plus tard, Théa s'avance dans un fourreau vert émeraude et même pieds nus, elle est sublime.

Alors, Madeleine respire profondément et se contente de sourire.

10

Le 27 juillet 2011, 18 heures

CHARLOTTE NE PENSAIT PAS qu'il utiliserait ces mots-là. Des mots si crus. Elle imaginait plus d'élégance dans les formules, plus de retenue aussi, plus de petites phrases qui déchargent l'autre de sa responsabilité.

Il fallait être idiote pour lui accorder tant de crédit. Était-elle sourde toutes ces années ? Aveugle ? Ne lui avait-il pas prouvé cent fois combien elle n'avait pas de valeur pour lui ? Au même titre que le reste de l'humanité d'ailleurs. Charlotte connaissait Rodrigue et son sens limité de l'autre, mais elle avait toujours songé qu'avec le temps, il s'améliorerait. Elle attribuait son égoïsme à son jeune âge, même si les années défilaient dangereusement. Elle n'avait pourtant pas l'impression de se mentir, elle voulait seulement faire preuve de patience, voire de charité.

Elle aurait pourtant juré avoir senti cet amour naissant lors de leurs premiers rendez-vous. Avait-elle rêvé ? C'était son style. Croire à la meilleure façon d'interpréter un geste, un mot, un regard puis, d'illusion en illusion, décider d'épouser un homme qui ne l'aime pas. Un homme qui n'aime personne.

— C'est assez classique, ce qui nous arrive, tu sais, ajoute Rodrigue comme si cela était nécessaire. Une histoire d'adultère comme il en existe des millions.

Classique. Le choix du mot la ferait presque sourire.

— Elle n'était même pas jolie, enfin pas plus que toi et pas spécialement plus douée non plus, rassure-toi.

Il a posé une main sur son bras pour l'apaiser, alors qu'il devrait plutôt se taire pour atteindre cet objectif. Elle n'a pas le courage de se dégager alors il persévère, convaincu d'être sur la bonne voie. Il tapote son bras, comme on le ferait avec une vieille tante. Elle n'a pas la force de réagir alors il continue de tapoter, un geste qui l'agace prodigieusement. Allongés côte à côte sur les chaises longues, on pourrait croire à deux amoureux. Pour se calmer, elle fixe l'horizon, cette mer dans laquelle elle a toujours puisé son courage. L'étendue bleue ne peut malheureusement rien pour elle en ce début de soirée. Elle ferme les yeux un instant pour goûter à la chaleur du soleil sur ses paupières closes. Un de ses petits délices lorsqu'elle se prélasse ici.

— Enfin, voilà, je suis content que nous nous soyons tout dit.

Elle n'a pas ouvert la bouche.

— C'est important dans un couple, non ?

Elle a envie de hurler.

— Tu montes te changer avec moi ? Il va être l'heure de se préparer pour la fête, dit-il en forçant son enthousiasme.

Pour la première fois de sa vie, Charlotte veut analyser froidement la situation. Elle observe son mari comme s'il était un territoire qu'elle découvrait à l'instant. Son nez droit, sa bouche pincée, ses cheveux toujours impeccables, ses mains trop fines, ce corps long qui ne l'a jamais vraiment attirée. Elle le regarde et s'interroge. Pourquoi donc l'a-t-elle choisi, lui ?

La réponse est facile. Elle tient au manque d'amour que l'on se porte, aux chances qu'il faut saisir quand on ne croit pas en soi, aux propositions que l'on n'ose pas décliner.

— Alors, tu viens ?

Il est presque excédé maintenant. Elle connaît ces aigus dans lesquelles sa voix monte lorsqu'il est tendu. La façon dont il prononce chaque syllabe comme si elle ne formait pas un mot avec les autres. Coupant tout ce qu'il peut. Elle sait qu'elle doit répondre, mais elle ne peut émettre aucun son, alors elle secoue la tête en espérant que cela suffise. Comment peut-il à ce point ignorer ce nouveau coup qu'il lui porte et la nécessité pour elle de l'intégrer ? Comment peut-il parler de fête alors que l'heure est visiblement au deuil, celui d'une relation qui s'éteint.

Il se penche vers elle et dépose un baiser rapide sur ses lèvres, qu'elle reçoit comme une claque. Sa bouche se crispe, mais il ne s'aperçoit de rien, il est déjà ailleurs, loin avec ses envies, ses élans, ses penchants, tout ce qui compose la vie de Rodrigue Edney et qui lui suffit amplement.

11

Le 27 juillet 2011, 22 heures

BARNABÉ GRAVIT LES MARCHES du perron et fait signe à Céleste de le rejoindre. Elle se poste à ses côtés, collée à lui, pour l'encourager. Il tapote nerveusement le microphone avec l'index pour vérifier qu'il fonctionne et ce son tient lieu de rappel à l'ordre pour ses invités qui se rassemblent en bas de l'escalier. Ses amis, les amis de ses enfants réunis pour ce jour spécial.

Il s'éclaircit la gorge avant de se lancer. Barnabé n'aime pas prendre la parole en public. Un discours est un exercice compliqué, le propos doit être limpide pour chacun et ne froisser personne. Ce double objectif l'angoisse, surtout lorsque l'émotion le gagne. Pourtant, il se plie à son devoir, comme chaque 27 juillet. Il pense que c'est ce que l'on attend d'un hôte, qu'il s'exprime, qu'il remercie, qu'il galvanise encore une assemblée déjà conquise.

Ce soir, il a une mission précise. Il doit parler d'amour. Mais quand il prononce les premiers mots sous le ciel étoilé, c'est son image à elle qui apparaît à nouveau. Ses cheveux au vent, son regard intense, la main qu'elle tend vers lui en riant, ces milliers d'images qui forment une histoire d'amour.

Il veut se concentrer sur son discours, mais elle s'impose avec force, gonflant son ventre, son cœur, ses mains de ces sensations passées. Un instant, sa vue se trouble tant l'émotion est grande. Son public croit que c'est l'annonce à venir qui le bouleverse. Personne ne voit que la disparue est là, juste devant lui, prête à l'aimer.

Il s'oblige à regarder ailleurs, il faut continuer, courageusement énoncer une phrase après l'autre pour se distraire de cet amour brûlant.

Avant de conclure son discours, il prend une profonde inspiration. Il a parlé d'amour et il est épuisé de lutter contre lui. Son souffle dans le microphone donne l'impression qu'un vent s'est levé et quelques-uns sourient. S'ils savaient seulement. S'ils connaissaient la peine de cet homme, son tiraillement intérieur entre un amour possible et un amour défunt.

Il faut choisir et Barnabé a choisi Céleste.

Il veut l'annoncer, mais cette nouvelle provoque la stupeur de ses invités. Il ne comprend pas tout de suite. Leurs visages montrent l'incompréhension, l'inquiétude, voire la déception. Céleste, elle, se tourne pour se cacher et ses pleurs lui parviennent de loin, comme s'il avait rejoint un autre monde.

Avant de s'écrouler sur le sol, il tente de répéter ses derniers mots, ceux qui ont initié cette onde de choc.

Je suis le plus heureux des hommes car je vous annonce mes fiançailles avec Jill, le grand amour de ma vie.

12

Le journal de Théa

Quel choc d'entendre le prénom de ma mère prononcé comme si elle était encore parmi nous, comme si elle pouvait émerger de cette assemblée ahurie, gravir les marches et embrasser Barnabé.

Dire oui à cette demande inespérée.

Au milieu des murmures d'étonnement, c'est la première image qui s'est imposée à moi. Celle de sa silhouette gracieuse qui fend la foule joyeusement, car on l'appelle pour l'aimer.

Enfin.

Elle s'avance avec cette démarche qui dans mon souvenir d'enfant est dansante, elle monte lentement vers lui, parce qu'il peut bien l'attendre.

Alors que les autres sont pétrifiés par sa déclaration, moi je suis à nouveau vivante, admirant ma mère amoureuse. Je veux poursuivre ce rêve, mais Barnabé effondré m'en empêche. Sous les regards inquiets, l'on se précipite pour l'aider à reprendre ses esprits. Céleste a déjà quitté la scène, une main sur la bouche pour retenir le chagrin et les cris qui ne tarderont pas à sortir. Elle fuit, abandonnant au sol l'homme qu'elle aime.

Ma mère n'aurait jamais fait cela. Je m'avance peut-être un peu, mais je crois qu'elle aurait ri et, avec humour, serait parvenue à sauver Barnabé de l'impasse. Je crois surtout qu'elle aurait compris que son bien-aimé n'en était pas un et ce, bien avant sa grande annonce sur un perron un soir de fête.

Alors que les invités se dispersent, je reste un instant, savourant pour elle cette déclaration d'amour tardive. Le sourire sur le visage de Barnabé ne laisse aucun doute sur ses sentiments. Les yeux brillants, il l'a prononcée comme on se libère d'un secret, soulagé de pouvoir enfin s'engager avec celle qu'il aime.

Quel gâchis.

Jamais je n'aurais cru cela possible. C'est vrai, j'ai toujours pensé que les adultes sont bien établis, que de telles surprises sont davantage le propre de la jeunesse que celui de la maturité.

J'ai envie de m'avancer vers lui, mais j'ignore quoi lui dire avec les sentiments contradictoires qui m'habitent. Je voudrais à la fois le frapper et le serrer dans mes bras, le remercier et lui cracher ma colère, lui demander de me parler encore d'elle et lui interdire de prononcer encore une fois son prénom. Avec ces sentiments extrêmes, que puis-je faire d'autre que me taire ?

Ce silence forcé, telle une chape de plomb sur ma poitrine, m'oppresse et m'empêche de pleurer. Le souffle court, je gravis à mon tour ces quelques marches, passage obligé vers la sortie. Je veux le faire discrètement mais Barnabé, qui a recouvré la conscience, m'aperçoit et d'une voix faible, m'appelle. Il s'est adossé contre un mur et cette position accroît encore sa fragilité. Il tend la main vers moi et je n'ai pas le cœur de résister. Je m'approche et m'accroupis près de lui. Pour rester calme, je fais barrage à mes émotions en me concentrant sur des détails, comme son nœud papillon que la symétrie a délaissé.

Barnabé chuchote, la voix étranglée par le chagrin. Ses mots me parviennent par bribes, hachés par le tumulte qui nous entoure. Je m'approche encore de quelques centimètres. Je peux maintenant lire le désarroi dans son regard et son trouble prend le pas sur le mien. Je pose ma main sur la sienne et les larmes sur son visage achèvent de me désarmer. J'enfouis mon visage dans son cou, ses bras m'enveloppent et alors que la vie continue autour de nous, ensemble, nous la pleurons.

13

Le 27 juillet 2011, 23 heures 45

— JE VÉNÈRE MES PETITES EMBÛCHES *car elles sont un rempart contre le pire,* déclare Jane, reprenant le dicton chéri par son mari.

— Tu appelles cela une petite embûche ? rit Charlotte.

— Ce n'est pas comme si c'était la première histoire d'amour qu'il ratait ! réplique Jane.

— Ah non, vraiment pas, tu as raison, renchérit son amie.

— Dites, mesdames, vous savez que je vous entends, non ? s'offusque Barnabé. Dans mon état, en plus !

Sur les conseils du médecin, Barnabé s'est allongé sur son lit pour se reposer. Jane, affalée sur une méridienne, se lève pour lui servir un verre d'eau.

— Arrête ton cinéma, Barnabé, tu vas très bien ! Un léger malaise peut arriver à tout le monde ! Par contre... réplique Jane en lui tapotant l'épaule.

— Par contre, quoi ? demande Barnabé.

Il s'est redressé sur ses coudes et regarde Jane dans les yeux. La jeune femme hésite et, pour toute réponse, époussette sa robe comme si elle était couverte de minuscules peluches invisibles.

— Par contre ? répète Barnabé.

— Par contre, il était temps que cela sorte… murmure Jane, en baissant les yeux.

— Que quoi sorte exactement ? insiste Barnabé, irrité.

— Tout ce que tu ne dis jamais ! Tout ce que tu caches, à nous et à toi-même depuis si longtemps ! Vraiment, Barnabé, je ne comprends rien à ce qu'il s'est passé ce soir… On est tes amies d'enfance et on apprend en même temps que tout le monde la révélation du siècle ! Pourquoi ne nous as-tu jamais rien dit ? Ce n'est pas comme si tu avais manqué de temps !

Comme Barnabé ne répond rien, elle poursuit :

— Charlotte et moi ne sommes pourtant pas des exemples… On a aussi nos petits secrets et on s'est livrées à toi !

— En effet ! sourit Barnabé en songeant à leurs dernières confidences.

— Le concept d'*amitié* ? Cela te dit quelque chose ? renchérit Charlotte sans attacher d'importance à ses moqueries. Ce n'est pas à sens unique !

Jane ôte ses chaussures et s'allonge sur le lit de Barnabé. Elle ramène ses jambes sous elle pour masser ses pieds malmenés par ses escarpins.

— Je ne comprends pas, Barnabé, vraiment je ne comprends pas… Vous auriez été tellement parfaits ensemble… ajoute Jane rêveuse.

Charlotte essuie une larme. C'est plus fort qu'elle, dès qu'on évoque son amie, elle a les larmes aux yeux. Comment peut-elle être encore si touchée, après toutes ces années ?

— C'est une longue histoire, se contente de répondre Barnabé en fixant le plafond.

— C'est parfait, on a toute la nuit ! rétorque Jane. Quelqu'un t'attend, Charlotte ?

— Oh non, plus depuis longtemps, répond celle-ci avec un sourire complice.

— De quoi parlez-vous ? Il y a un souci avec Rodrigue ? demande Barnabé.

— N'essaie pas de changer de sujet ! On croyait que tu étais amoureux de Céleste... Que tu étais bien avec elle ! poursuit Charlotte.

— J'étais bien avec Céleste. Enfin, c'était mon impression... La plupart du temps... Vous devez penser que je suis fou... commence-t-il.

— Tu nous as déjà bien regardées ? s'esclaffe Jane.

Charlotte rit et s'approche du lit pour donner une petite tape sur la tête de son amie.

— Ne m'inclus pas là-dedans, se défend-elle.

— Tu as vu ce que tu supportes avec ton mari ? insiste Jane. À ta place, je serais déjà devenue folle depuis longtemps !

Charlotte ôte ses escarpins et rejoint ses amis sur le couvre-lit gris perle. Distraitement, elle caresse le dessin des broderies qui lui rappelle son lit et tout ce qui ne s'y passe plus.

— Je deviens folle, admet Charlotte d'une voix faible. Je le suis peut-être déjà.

— Donc, si je comprends bien, c'est celle que l'on traite de marginale qui écope de deux fous ! s'exclame Jane pour alléger l'atmosphère.

Elle sait bien qu'il est stupide de tenter une blague pour réconforter son amie, mais c'est tout ce dont elle est capable, face à une femme négligée par son mari. Cette perspective insupportable fige ses pensées et rien ne sort d'autre que des banalités. La souffrance de Charlotte la rend inefficace, ce qui l'agace encore davantage. Un vestige de son passé comme tout ce qui nous domine. Jane revoit sa mère sur le pas de la porte, accrochée au chambranle comme à une bouée en pleine mer. Elle appelle celui qui continue d'avancer, valise à la main. Il part, sans autre explication. Un dimanche après-midi. Au lieu de goûter à la délicieuse tarte aux pommes confectionnée par son épouse, il la quitte. Jane, encore enfant, n'est qu'un témoin fragile et impuissant. Assise à même le sol, elle observe sa mère appeler encore, mais l'imper bleu s'éloigne sous la pluie.

— N'est-ce pas, Jane ? répète Barnabé.

— Oui ?

— Je disais à Charlotte qu'elle n'est pas folle !

— Non, bien entendu… Je suis désolée, je suis une mauvaise amie quand je suis fatiguée, avoue Jane en glissant ses longues jambes sous les draps. Cela vous ennuie si on reprend cette conversation demain matin ? Autour d'un délicieux petit déjeuner, je suis certaine que je pourrai faire mieux.

Sans attendre de réponse, Jane tapote un oreiller et enfonce la tête dans ses plumes.

— Tu vas dormir ? demande Charlotte.

— Oui, pas toi ? Je croyais que tu étais particulièrement séduite par le *concept* de nuit ? Allez, viens, on a de la place pour trois dans ce lit immense ! ajoute Jane qui a déjà fermé les yeux.

Charlotte s'étend docilement à ses côtés, sous le regard étonné de Barnabé. Il se redresse un instant, cherchant un sens à ce retournement de situation. Puis renonce, éteint la lumière et se recouche.

— Finalement, la soirée se termine plutôt bien, au lit avec les deux plus belles femmes de Black !

— Dors, Barnabé ! répondent-elles en chœur.

14

Le 27 juillet 2011, 23 heures 55

— Je suis désolé, mais je n'ai pas envie de parler maintenant.

Lancelot se dégage des bras minces et bronzés, de ce parfum de vanille propre à Diane mais qui, ce soir, l'écœure. Elle détourne la tête pour cacher son chagrin. Ce n'est pourtant pas la première fois qu'il a ce ton froid, indifférent.

— J'ai bien compris, mais certaines choses ne peuvent pas attendre, insiste Diane.

Il soupire et s'affale dans le fauteuil en rotin. Au loin, le ressac des vagues forme une douce berceuse qui lui donne envie de dormir. Il voudrait ne pas s'interroger sur le couple que formaient ses parents, sur l'authenticité de leur histoire désormais troublée par la déclaration de son père. Sans cesse, il ressasse les souvenirs dont il dispose, cette somme de gestes et de mots qui appartiennent à une autre époque, celle où ses parents étaient ensemble. Il examine consciencieusement les regards de ce mari dont tous vantaient les qualités. Il se souvient du rire de sa mère lorsque son père l'enlaçait. Sans doute peut-on aimer plusieurs femmes, se dit-il, plus pour se rassurer que parce qu'il en est convaincu. Cela n'atténue pourtant pas sa colère.

— Excuse-moi d'insister, tente encore Diane.

Pourquoi s'acharne-t-elle un soir comme celui-ci ? Alors qu'il est bouleversé, que tout son univers se résume maintenant à une apparence qu'une prochaine confession pourrait contredire.

— Je dois te parler de… commence-t-elle.

— De quoi ? répond-il avec une agressivité qu'il ne se connaît pas.

Elle bondit, surprise.

— Pardon, mais ce n'est juste pas le moment, reprend-il sur un ton plus doux.

— Je suis navrée, mais je ne peux pas attendre.

Diane espère qu'il se tourne vers elle, qu'il quitte enfin des yeux cette eau aux reflets argentés. Elle aurait bien besoin de puiser son courage dans son regard, de sentir sa main sur sa cuisse, cette tendresse qui lui donne tous les élans. La jeune fille a soudain froid, seule avec ses révélations qui tombent mal.

— J'ignore ce qu'il s'est passé, j'ai dû faire une erreur, poursuit-elle sur un ton plaintif.

Lancelot ne la regarde toujours pas.

— Les erreurs arrivent, ajoute-t-elle, la voix étranglée par l'inquiétude.

Elle ravale ses larmes. Il faut être efficace. Elle n'a que quelques mots à prononcer alors pourquoi bute-t-elle sur chacun d'eux ?

— L'autre jour, à la plage, j'ai eu un malaise. Tu te souviens ?

Il secoue la tête sans lui prêter plus d'attention.

— Le médecin m'a prescrit un bilan sanguin. Les résultats sont arrivés aujourd'hui.

Elle l'observe, mais il n'y a aucun signe d'intérêt sur ce visage qu'elle aime tant. Elle se demande même s'il l'entend vraiment.

— Je suis enceinte. Je suis désolée, lâche-t-elle dans un sanglot.

Lancelot ne bouge pas.

— Dis-moi quelque chose, s'il te plaît.

Certains silences pèsent plus lourd que d'autres, celui-ci se prolonge dans la nuit.

15

Lettre de Jill Vogue à sa fille Théa, datée du 18 avril 2000

Ma douce Théa,

Peut-être trouveras-tu cela étrange, mais les étés de mes dix, onze, douze et treize ans se confondent en un seul souvenir joyeux. Les images affluent, me laissant incapable de les attribuer à une époque. Est-ce cela le bonheur ? Ne pas savoir distinguer les jours entre eux, car ils forment cette même onde qui bouleverse une enfance ?

Au contraire de la souffrance qui, elle, marque le temps d'une empreinte indélébile. Je me souviens précisément la première fois où mon père a levé la main sur elle, celle où ma mère n'a plus voulu quitter son lit, celle encore où elle a murmuré d'une voix faible son désamour, pour lui et pour nous, ses enfants. Bien que toutes ces blessures encombrent encore le présent, j'ai grandi malgré tout. Je devrais même écrire – avec fierté – j'ai réussi à grandir heureuse malgré tout, un exploit pour ceux qui connaissent mes parents et leur propension à la morosité.

L'été de mes quatorze ans se détache pourtant du reste, non pas parce qu'il est synonyme de souffrance, mais parce que pour la première fois, j'ai le sentiment d'avoir une vie à part. Je ne suis plus un membre de ma famille, mais un individu qui, un jour, pourra accéder à la liberté, une promesse qui me porte.

Ma mère a lentement glissé dans une dépression profonde et mon père, plus sombre que jamais, ne peut plus contrôler sa marmaille en mouvement. C'est à peine si les courses sont faites, le linge et le ménage sont laissés à notre discrétion. Nous vaquons chacun à nos occupations, pour ne nous croiser qu'à l'heure du coucher, les nuits devenant l'unique ciment d'une famille éclatée. Notre maison a pris l'allure d'un hôtel où nous créchons faute de mieux et, libérés de ces repas sinistres, subsistons à coup de chips et tartines à la confiture avalés sur un coin de table ou devant la télévision.

Nous vivons comme des sauvages, un paradoxe amusant quand on songe à l'éducation stricte imposée par nos parents au départ.

J'ignore si notre situation est connue de nos familles d'adoption, si elles savent que nous n'avons plus qu'elles comme fournisseurs de vitamines et d'amour. En tout cas, la mienne fait semblant de rien. Seul le regard plus appuyé de madame Quills m'incite à penser qu'elle sait. Avec le temps, nous nous sommes attachées l'une à l'autre. Après tout, au milieu de ses fils, je suis un peu la fille qu'elle n'a jamais eue. Avec moi dans son équipe, elle peut faire face à la bande des garçons, Barnabé, ses trois frères et son père. Elle ne se lasse d'ailleurs pas d'utiliser la formule « nous, les filles » qui me donne l'impression d'appartenir à un clan, voire même à une famille. En sa présence, j'ai l'impression de devenir une meilleure version de moi-même, comme si certains traits de ma personnalité émergeaient au contact de sa chaleur. Est-ce la réalité ou seulement la gentillesse des regards que je convoque enfin ? Je ne connais pas la réponse, mais ces années avec les Quills sont les plus belles de mon enfance et pour cela, je leur serai toujours reconnaissante. Peu importe leur issue.

L'été de mes quatorze ans débute pourtant de façon particulière. Même si nous continuons à passer nos journées ensemble, Barnabé semble prendre ses distances. Il m'adresse la parole plus rarement et avec une froideur inhabituelle. Ma première réaction est de simplement encaisser. Je connais ma chance d'avoir Barnabé et sa famille dans ma vie et je ne veux pas la gâcher. En fait, pour être honnête, Barnabé et sa famille sont ma vie, ma raison de me lever le matin, d'aller à l'école, de persévérer, de grandir, de lutter contre la tristesse et l'angoisse. Je ne crois pas que Barnabé mesure combien sa nouvelle humeur est source d'anxiété pour moi. Je puise toute ma force dans cette famille, une famille qui peut décider du jour au lendemain de me fermer sa porte.
Alors même si son ton me blesse, je tente de sourire. Poliment. Je me dis qu'il faut patienter, qu'après tout, il est libre de faire sa crise d'adolescence, un luxe que je ne peux pas me permettre. Chaque matin, en me réveillant, je me rassure en me répétant que la veille était seulement une mauvaise journée, niant le fait que ces journées s'enchaînent et mettent en péril un bien-être fragile. Quand on est seule au monde, les histoires qu'on se raconte sont essentielles et heureusement, je suis une conteuse-née.
Spontanément, j'ai commencé à observer Barnabé pour deviner ses attentes, cette somme d'exigences invisibles aux yeux des autres. Des années dans un foyer peu affectueux m'ont forcée à développer une maîtrise dans ce domaine. Décrypter l'autre et combler des besoins dont il n'a même pas conscience. Ce qui m'a servi pour éviter les cris m'est désormais utile pour conserver le lien ténu de notre amitié.
Ma patience est rapidement récompensée. Je découvre deux choses sur Barnabé.
La première est qu'il n'est pas aussi sûr de lui que je le croyais. Il triture souvent un ourlet ou un bouton quand un adulte le questionne. Il est incroyable qu'en cinq années d'amitié, j'ai manqué une information aussi importante. Je

m'étais toujours sentie hésitante à ses côtés, alors qu'il semble être constitué de la même étoffe.
La seconde chose est qu'il a depuis peu un besoin impérieux de silence. Cette nouvelle évidence me surprend chez un garçon habituellement si sociable. Chaque bruit, chaque mot suscite un agacement chez lui, comme si le volume sonore de son univers avait été augmenté.
Je crois qu'il grogne surtout pour cela, parce que personne ne lui donne ce dont il a cruellement besoin, mais qu'il est incapable de formuler. Par la suite, j'ai découvert que les gens grognent souvent pour cette raison.
Même si j'ignore les racines de ce besoin nouveau, je m'attache à offrir à Barnabé ce qu'il désire le plus. Le silence. Ainsi, allongés sur nos serviettes de plage, nous passons des heures à regarder les nuages dans un mutisme religieux. Nous devons avoir l'air bizarre, au milieu des autres gamins dont le flot de paroles est constant. Les semaines s'écoulent et nous avons implicitement convenu de cette façon de fonctionner. Si, au début, la transition entre deux activités nécessite quelques précisions, les mots deviennent vite inutiles. Nous les remplaçons par un autre langage, celui des gestes, des yeux, du savoir qui existe entre deux êtres. Nous capitalisons sur nos années d'amitié pour poursuivre notre vie dans ce silence devenu essentiel pour lui. Progressivement, Barnabé nous éloigne des autres, choisissant de passer son temps avec celle qui l'a compris.

Alors que ce silence était une contrainte imposée par mon ami, il devient évident qu'il nous profite à tous les deux. Il nous offre, dans ce calme inespéré, l'opportunité de nous connaître.
Et dans le souffle du vent, sans prononcer un mot, sans même le vouloir, j'ai commencé à l'aimer.

Ta maman qui te souhaite bien des silences amoureux

PARTIE III

Le 27 juillet 2012

« Je ne perds jamais. Soit je gagne, soit j'apprends. »
Nelson Mandela

Légende de Black

Avant, il n'y avait rien.
Aujourd'hui, il y a tout. Nous avons tout.
Et ce tout contient une liberté infinie.
De rester ici ou de partir.
De naître, de grandir, de mourir.
De marcher longtemps, de s'arrêter, de pleurer, de crier, de rire aussi.
Si avec le temps, votre être s'est figé, le 27 juillet vous offre une opportunité.
Celle de naître à nouveau.

1

Le journal de Théa

BLACK EST DESSINÉE selon un quadrillage parfait. Comme la ville de New York, ses rues portent des noms dans un sens tandis que leurs perpendiculaires évoluent en nombre, de la Première Rue à la Dixième Rue qui marque la fin de notre ville. Passé l'âge de sept ans, s'y perdre est pratiquement impossible puisqu'il suffit de regagner une rue chiffrée et d'en descendre ou d'en remonter le cours pour retrouver son point d'attache. Ce découpage est à l'image de notre ville, pratique et précis, ce qui constitue un avantage indéniable tout en nous privant d'une certaine poésie.

Ce n'est pas la seule particularité de Black. Il en est une autre, bien plus originale. Black ne connaît pas la concurrence. Comme si ses habitants s'étaient réunis un soir pour se partager les fonctions de notre petite ville, créant chaque commerce ou service en un exemplaire unique. Prenez garde de conserver des relations cordiales avec votre libraire car il est votre seul pourvoyeur de romans ! De même pour le poissonnier, le maraîcher, le boulanger, le coiffeur et tous les autres. Pour une raison mystérieuse, même les nouveaux habitants se sont pliés à cette règle qui n'a ni texte ni fondement légal. Nous sommes sans doute la dernière ville du pays à être guidée par l'esprit plutôt que par la lettre. Que faut-il de discipline pour fonctionner ainsi ? Ou d'attachement à l'ordre, à l'harmonie, à la sérénité des relations ? Ou de peur du conflit ? Nous ne saurons jamais l'origine de cette règle, même si j'ai ma propre opinion sur ce point.

La Première Rue est celle qui longe la côte. Ponctuée de demeures majestueuses, elle fait rêver les rares touristes de passage. Notre unique hôtel nous préserve d'un flux important. L'été, nous ne croisons qu'une vingtaine d'inconnus logés à l'hôtel ainsi que les amis de nos amis, hébergés par les habitants. Lancelot habite au numéro 89 et moi, au numéro 27. Il faut exactement cinq minutes pour rejoindre sa maison d'un pas rapide. J'ignore s'il est triste ou non de détenir pareille information, elle fait partie d'une expertise construite sur plusieurs années, une façon de passer le temps en attendant le premier baiser. Je n'ai jamais considéré cela comme une obsession. Après tout, n'est-il pas normal que je m'intéresse à Lancelot, à la façon dont nos vies s'emboîtent facilement ou non ? Cinq minutes ! Ce serait pratiquement vexer le destin que de ne pas, avec pareille distance, concevoir une histoire d'amour ! Et personnellement, je n'ai aucune envie de vexer le destin, j'ai déjà vu combien il peut être capricieux…

Les rues perpendiculaires ont principalement hérité de noms de fleurs, à croire que le fondateur de notre ville était botaniste ou manquait cruellement d'inventivité. La légende ne mentionne rien à ce sujet. Dans quelques semaines, pour me rendre à l'université, j'arpenterai la Première Rue, puis la rue des Pétunias, la Huitième Rue et enfin, celle des Orchidées sur quelques dizaines de mètres, l'entrée étant située au numéro 82.

Ma rue préférée est celle des Roses car elle combine toutes les joies : une échoppe ambulante de biscuits qui ne bouge plus depuis des années, la librairie, le café avec ses smoothies fraise-vanille et le disquaire, largement subsidié par la ville sans quoi il n'existerait plus. À Black, nous n'aimons pas le changement et la disparition du disquaire en serait un signe flagrant. Alors, nous luttons, à coup de subventions, pour maintenir ces petits commerces que l'évolution de notre société pourrait rapidement mettre en faillite.

Le disquaire représenterait peu d'intérêt s'il n'avait créé ce concept de « bal d'après-midi » où les jeunes se pressent. Dans le jardin, à l'arrière de la boutique, tout est disposé pour cette fête qui se déroule chaque samedi. À l'heure où les adultes multiplient courses ou rendez-vous chez l'esthéticienne ou le coiffeur, nous dansons sur les vieux disques passés par le propriétaire lui-même. Sa façon de remercier les gens de Black de financer sa survie.

C'est à cet endroit précis, affalée sur les gros coussins multicolores qui jonchent la terrasse, que j'ai remarqué Lancelot. Le rêve et le baiser qu'il contenait étaient mon premier éveil à lui, un moyen d'attirer mon attention, mais c'est sa présence qui m'a séduite, cette façon unique d'être avec les autres, comme si chacun était important. Je me serais levée pour lui parler, il m'aurait certainement accueillie avec toute la gentillesse du monde. Je crois que ce qui m'a touchée en premier, avant même ses yeux, sa bouche ou son torse, c'est son cœur. Il n'y a pas de hasard dans la vie et la douceur était ce qui manquait le plus cruellement à la mienne.

Alors que la mer scintille sous le soleil déclinant, je glisse dans la rêverie. Mon esprit s'évade et je suis à nouveau avec lui. J'imagine tout ce que je manque en n'osant pas ; sa voix grave mais joyeuse, la façon dont il incline la tête pour parler, sa main sur la mienne et tous ces mots qui seraient à nous.

Mes trois rêves pour cette année :
Oser
Oser
Si possible avec lui

2

Le 27 juillet 2012, 8 heures

CHARLOTTE SE RÉVEILLE et comme chaque matin depuis un an, elle s'encourage. *C'est aujourd'hui !* se répète-t-elle. *Aujourd'hui, je vais y arriver.* Le fait qu'une année entière se soit écoulée depuis la révélation de son mari ne lui échappe pas. Elle a vu ce jour approcher avec angoisse, car il lui montre l'ampleur de sa faiblesse.

Comment peut-elle continuer à vivre avec quelqu'un qui la néglige autant ?

Ni les semaines ni les mois n'auront suffi pour qu'elle se décide à partir et à nouveau, telle une claque, ce 27 juillet revient et la trouve dans ce même lit, partagé avec le même salaud.

Elle se retourne, dans l'espoir d'inverser le cours de ses pensées, mais où qu'elle regarde, elle ne voit que ce quotidien qui la dégoûte d'elle-même. Évidemment qu'elle veut le quitter, évidemment qu'elle ne l'aime plus ! Pourtant, la seule idée d'un départ la glace et la maintient dans ce couple défait. Comment a-t-elle pu subir son haleine, ses mains, ce corps sur le sien après qu'il l'ait trahie ? Comment a-t-elle pu dissimuler sa haine naissante ?

Le téléphone sonne. Elle n'a pas besoin de consulter l'écran pour savoir que c'est Jane qui, respectant leur tradition, la réveille pour l'obliger à s'embellir dès l'aube. La sonnerie résonne dans le vide. Charlotte hésite à décrocher, elle craint que la tonalité de sa voix ne lui laisse d'autre choix que de se confier sur ce qui lui pèse. Elle pourrait adopter un ton enjoué, mais avec son amie de toujours, ce serait pire que tout. Jane devinerait le subterfuge et s'inquiéterait encore davantage.

Charlotte ne lui a jamais raconté les frasques de son mari. Depuis un an, elle garde ce secret pour elle. Sinon, Jane aurait tué Rodrigue. Avec classe et sensualité, en lui glissant un quelconque poison dans son cocktail ou en le poussant du haut d'une falaise un soir de fête. *Oups pardon, je n'ai pas fait exprès de tuer ton mari. Mais quand même bon débarras, non ?*

La scène la fait sourire et elle décroche dans le même élan.

— Toujours au lit, j'imagine ?

— Bonjour à toi aussi, ma chère Jane, réplique Charlotte.

— Oui c'est cela, bonjour... répète Jane, agacée.

— Que me vaut l'honneur ? la taquine-t-elle.

— C'est une blague ? Heureusement que tu peux compter sur ta beauté naturelle, toi !

— Toujours cette même préoccupation donc... renchérit Charlotte sur un ton aussi léger que possible.

— Oui, tu es jolie Charlotte, mais cette année, on ne peut pas se contenter de cela...

— Ah bon mais pourquoi ? enchaîne Charlotte en insistant sur le dernier mot pour jouer la naïve.

— Parce que cette année, je veux que tu éblouisses ce pauvre Rodrigue ! Je le trouve particulièrement silencieux ces derniers mois, pour ne pas dire distant. J'ai... commence Jane.

Elle s'interrompt, en quête de la bonne formule. Elle connaît bien ses failles et sa trop grande franchise lui pose souvent problème en société. Jane s'en aperçoit toujours trop tard lorsqu'elle lit l'effroi, ou l'agacement sur les visages qui l'entourent. À chaque fois elle regrette, mais comment dompter sa vraie nature ? Ce n'est pas faute d'avoir essayé. *Les gens n'attendent pas une réponse honnête, ils veulent une réponse qui leur fait plaisir,* lui répétait toujours sa mère. *Faire plaisir, faire plaisir,* tente de se convaincre la pauvre Jane qui lutte contre la part la plus brute d'elle-même. Tel un diamant, son honnêteté s'impose, pure et lumineuse.

Elle essaie de réfléchir à la meilleure façon de dire quelque chose de moche, mais n'est-ce pas profondément hypocrite en plus d'être impossible ? Ce qui est moche est moche et ce ne sont pas les jolis mots qui y changeront quelque chose ! Pire, avec une amie comme Charlotte, cet artifice mettrait une distance entre elles, une incompréhension. Depuis longtemps, elles ont convenu de ne plus faire d'effort pour atténuer ce qui constitue un défaut auprès des autres. Elles ont accepté de faire avec.

Mais, ici, ce que Jane doit exprimer est dur et pour une fois, elle rêverait de pouvoir dissimuler l'essentiel du message. Elle soupire et renonce à être diplomate.

— J'ai l'impression qu'il ne te regarde plus, qu'il ne te parle plus… As-tu remarqué quelque chose ? Un changement dans son attitude ? interroge-t-elle d'une voix douce.

— Peut-être, murmure Charlotte.

— Avec une femme fatale comme toi, il faut être fou pour ne pas vibrer, s'exclame Jane.

— Oh oui, il est fou, répète Charlotte en riant.

Elle n'a plus la force de cacher la vérité.

— C'est vrai qu'il est distant, poursuit-elle. Encore plus, depuis un an.

— Donc, je n'ai pas rêvé ! Mais pourquoi ? Une crise existentielle ? Un souci de santé ? Une… euh… une fonction qui ferait défaut… si tu vois ce que je veux dire !

— Non, tout va bien de ce côté-là, s'esclaffe Charlotte. Tout va même trop bien, je dirais.

Aussi rapidement que possible, Charlotte tente d'évaluer l'intérêt de se confier à son amie. Elle a le sentiment que pareille confidence reviendrait à matérialiser la rupture dont elle rêve depuis longtemps. Jane n'autoriserait jamais qu'elle reste avec lui. Et c'est sans doute pour cette raison qu'elle a gardé pour elle ce secret. Parce qu'avec cette révélation, sa vie serait transformée, sa famille déchirée et que, même si elle en ressortait plus épanouie, les premiers temps seraient difficiles. Charlotte a pourtant songé au divorce, mais chaque fois l'image de ses enfants l'a retenue, comme une main qui refuse de la lâcher. Ils ne poussaient aucun cri, ils la regardaient en silence et cette simple vision faisait son office laissant perdurer un couple qui n'en a plus que l'apparence. Une coquille vide, sans émotions, sans peau qui s'éveille au contact de l'autre, sans attente aucune.

— Il y a quelque chose que je ne t'ai pas dit, commence Charlotte, peu sûre de son choix.

— Tu es enceinte et il râle à l'idée des futures nuits blanches ? s'exclame Jane.

— Pas tout à fait, mais tu y es presque, la taquine Charlotte.

— Tu es enceinte et il râle à cause de tes sautes d'humeur ? tente encore Jane. Ah non pardon, c'est impossible. Rodrigue n'admet qu'une humeur parfaite à ses côtés et tu as toujours été exceptionnellement douée pour cela. Franchement, j'ignore comment tu fais !

— Je ne suis pas du tout enceinte, Jane, vraiment pas du tout, je le crains, avoue Charlotte d'une voix triste.

La perspective de s'ouvrir enfin à quelqu'un l'émeut. Elle tente de poursuivre, mais un sanglot l'étrangle. Dans le combiné, seuls ses pleurs résonnent désormais. Tel un barrage qui a lâché, sa tristesse s'exprime enfin. Elle pleure au lieu de raconter son histoire, elle pleure et ce murmure conte sa peine. En silence, Jane l'écoute.

Comme s'il fallait dire la vérité pour qu'elle se révèle, Charlotte comprend soudain combien l'urgence est grande. De le quitter. De se consoler. De vivre à nouveau.

Alors, elle active son atout le plus puissant sans attendre :

— Jane, Rodrigue m'a trompée. Il y a un an. Une aventure de plusieurs mois. Il ne s'est pas excusé. Je ne serais pas surprise d'apprendre qu'il me trompe toujours. Jane, il faut que tu m'aides à partir. Cela fait tellement longtemps que je ne l'aime plus.

— L'as-tu d'ailleurs jamais aimé ?

3

Lettre de Jill Vogue à sa fille Théa, datée du 6 mai 2000

Ma Théa chérie,

Au cours de l'été de mes quatorze ans et alors que nos corps sont lentement gagnés par la langueur des journées qui s'étirent à l'infini, je fais la connaissance de Jane Langloy.

Madame Quills nous a demandé de l'accueillir dans notre groupe restreint puisque notre silence l'a réduit à Barnabé et moi. Jane et ses parents doivent emménager à Black en septembre et ce séjour est l'occasion d'apprivoiser sa future ville.

Alors que Barnabé cherche un prétexte, n'étant visiblement pas séduit par l'idée de secourir une cousine éloignée, j'observe, intriguée, cet échange entre eux. Chez nous, les ordres ont toujours supplanté les propositions et je suis subjuguée de découvrir que l'on peut s'opposer à la volonté d'un parent.

Ce ne sera que pour une petite semaine, insiste sa mère.

Vous pourriez lui faire visiter Black, ajoute-t-elle encore, d'une voix suppliante.

Je marque mon accord, d'un signe de tête léger, craignant que Barnabé ne m'accuse encore de complaisance. De toute façon, il m'est physiquement impossible de dire non à madame Quills, ce qui agace mon ami. Pourtant, mon enthousiasme est sincère. J'adule madame Quills et tout ce qui émane d'elle.

Bien sûr, c'est excessif, comme tout produit d'une enfance atypique. Mon désert affectif passé amplifie mon bonheur présent, bien malgré moi. J'aime madame Quills, comme n'importe quel enfant en grande souffrance, éperdument. Aux yeux des autres, cet engouement passe pour une excentricité supplémentaire. Barnabé et sa mère l'ont sans doute classé ainsi, facilement, avec toutes les autres choses qui étonnent un peu. Je fais partie de cet autre monde, avec son langage et ses règles, et ils essaient de m'accueillir avec tout cela. Par bonté, par instinct aussi peut-être, ils admettent qu'on ne grandit pas tous de la même manière.

Finalement, Barnabé acquiesce aussi, contraint de me suivre dans ce nouveau projet.

Ma première image de Jane Langloy est particulière. Il est quinze heures et je suis allongée, à moitié assoupie, sur ma serviette de bain. À quelques centimètres de moi, Barnabé se repose. L'espace entre nos deux corps s'est réduit au fil des semaines, mais une distance subsiste. Même minime, elle empêche nos mains de se toucher. Nous ne sommes pas encore prêts pour cela.

— Salut les tourtereaux ! lance soudain une voix joyeuse.

J'ouvre les yeux pour découvrir un physique intimidant. Grande, mince, chevelure rousse en cascade et surtout, poitrine bien plus imposante que celle, naissante, que je porte pourtant avec fierté.

— Je vous dérange les amoureux ? reprend-elle.

Comment peut-elle prononcer si naturellement ce mot chargé de nos non-dits ? Pour toute réponse, Barnabé se redresse sur ses coudes et place une main en visière pour identifier l'importune. Jane s'est placée entre nous et le soleil, ce qui forme un halo autour de son corps parfait. Cette position

amplifie encore sa supériorité puisque nous sommes éblouis, en plus d'être couchés à ses pieds. Bref, notre histoire commence bien.
Barnabé se lève et me tend une main pour que j'en fasse autant.
Comme je le redoute, Jane est encore plus époustouflante de ce point de vue. Elle me sourit gentiment et entreprend de nouer ses cheveux en chignon. Le résultat est délicat puisque quelques boucles échappées frôlent ses épaules joliment dessinées. Je sens l'agacement poindre devant tant de perfection quand Barnabé s'aventure enfin à articuler une phrase. Au fil de nos silences consentis, nous avons perdu l'habitude des conversations et je crois qu'il se contente d'une bêtise du genre « tu as bien grandi », faisant référence à leur dernière rencontre au goûter d'anniversaire de ses huit ans. Avec aisance, Jane réplique que c'est sa seule activité actuellement. Comme je reste muette, elle se tourne vers moi : « Tu dois être Jill, l'amie dont tout le monde rêve ! Je suis vraiment heureuse de faire ta connaissance ! » Elle me tend la main et il me faut quelques secondes pour réagir et poser ma paume contre la sienne.
Personne ne m'a jamais présentée comme cela. Tu te doutes bien que les compliments sont inexistants dans notre éducation. Je me sens ridicule, avec ces larmes qui perlent à mes yeux, heureusement protégés par mes lunettes de soleil. En réponse, je bredouille un truc banal dont Jane se contente.
À l'époque, je n'ai pas beaucoup d'amis. Pour être honnête, il y a juste Barnabé et quelques vagues connaissances. Se lier d'amitié exige une énergie dont je ne dispose plus.
Je la regarde, émerveillée par ses grands yeux, la facilité avec laquelle sa bouche affiche un sourire tout en parlant. Je suis subjuguée par sa façon de s'animer pour tout et rien, de vibrer comme si sa vie n'était qu'une suite de moments heureux. Forte et tranquille, belle et humble, je devrais la détester, mais son tempérament chaleureux étouffe toute hostilité.
Cet été-là, Jane Langloy est des nôtres pour quelques jours et alors que Barnabé et moi sommes figés dans notre amitié

depuis longtemps, cette nouvelle présence bouleverse le cours de notre relation.
Tel un tremblement de terre, elle fait bouger les codes auxquels nous nous sommes pliés, par peur ou par paresse, affolant nos rythmes, notre confort et bientôt notre amitié.

Ta maman qui espère que tu connaîtras ce genre d'amie, gentiment timbrée

4

Le 27 juillet 2012, 10 heures

À BLACK, MÊME LE COIFFEUR S'EST ADAPTÉ aux festivités du 27 juillet et à la clientèle accrue ce jour-là. Guillermo a resserré les sièges pour en glisser d'autres face au miroir et a engagé des extras pour la journée. Depuis six heures ce matin, il s'affaire, multipliant les ordres d'une voix sèche. Puis, troquant ce ton pour un plus mielleux, il accueille ses fidèles clientes. Les rendez-vous sont chers et réservés des mois à l'avance. Pour la plupart d'ailleurs, l'heure est fixée pour plusieurs années. Madame Untel a sa coupe et son chignon tous les 27 juillet à quatorze heures précises et cela pour l'éternité (son éternité à elle, évidemment !). Pourquoi en effet ne pas s'organiser des années à l'avance pour éviter surprise et tracas, une attitude en droite ligne avec l'esprit de Black ?

Les places en matinée sont habituellement prises par une clientèle plus jeune, en vertu d'une stratégie réfléchie. Ils estiment qu'une coiffure réalisée juste avant la soirée sera trop guindée et lui préfèrent la coupe ou le chignon qui a vécu. Moins apprêté, le résultat aura ce qu'il faut de nonchalance, alliée chérie des moins de vingt ans.

À dix heures précises, elles sont sept à s'asseoir face au miroir. Devant elles, posés sur la tablette, leurs sacs de femme et une boisson chaude : tchaï, café, thé au jasmin, autant de parfums qui se mêlent à l'odeur du shampoing. Elles se prénomment Théa, Amélia, Sasha, Iris, Lucie, Alex et Lise et sont les filles d'Arthur, Barnabé, Jane, Charlotte et d'autres qui prendront place dans les mêmes sièges l'après-midi.

— Qu'est-ce qu'il a ton frère en ce moment ? demande Iris en se tournant vers Amélia.

— En ce moment ? Mais cela fait des mois qu'il est bizarre, précise Sasha, aussi directe que sa mère.

— Vous avez remarqué aussi ? Je suis rassurée, j'avais peur qu'il soit distant seulement avec moi, avoue Lise qui profite d'une pause pour limer ses ongles.

— Les filles, nous flirtons désormais toutes avec la majorité, n'y a-t-il pas un moment où, enfin, vous allez me lâcher avec mon frère ? Je ne suis ni sa secrétaire ni son agent et encore moins sa psy, se défend Amélia. Avec les années, j'ai bien compris qu'il a un charme irrésistible, mais je ne peux vraiment rien faire pour vous.

— Il a un souci, c'est clair, continue Iris sans prêter attention aux propos d'Amélia.

— C'est évident, renchérit Sasha. Il reste des heures assis, silencieux, comme s'il réfléchissait à un problème insoluble. Je lui ai demandé s'il dormait bien, mais au lieu de me répondre, il s'est contenté de secouer la tête avant de partir dans l'autre direction.

— C'est vrai qu'il a une petite mine, ajoute Théa.

— Tu crois que c'est à cause du départ de Diane ? chuchote Iris.

La jeune fille s'est penchée vers l'avant, comme si elle voulait susciter la confidence de son propre reflet. Ses grands yeux verts fixent le miroir, dans lequel elle peut capter la réaction de toutes ses amies. Sur les visages, elle lit une légère tristesse, de l'incompréhension ou pour d'autres encore, une totale indifférence. Diane, la petite amie parfaite de Lancelot, n'était pas appréciée de tous.

— On ne part pas comme cela ! déclare Sasha. Il s'est passé quelque chose.

— Quelque chose de grave ? interroge naïvement Lucie tandis que sa chevelure blonde est brossée avec énergie par un assistant.

— Évidemment, répond Sasha un peu sèchement. On ne quitte pas une ville pour des broutilles !

— Elle t'a dit au revoir au moins ? demande Lise à Amélia, plus proche de Diane que les autres filles.

Amélia soupire. Quelques mois plus tôt, Diane a quitté Black sans la prévenir. Un matin, elle a disparu, sans même laisser une adresse.

— À sa façon, j'imagine, répond Amélia évasivement.

— Et Lancelot n'est pas triste ? Elle ne lui manque pas ? demande Alex, jolie métisse au regard doux.

— Toute cette histoire est un mystère. Ils paraissaient amoureux puis du jour au lendemain, elle n'est plus venue à la maison et quelques semaines plus tard, j'ai appris son départ, comme vous. Mon frère ne m'a rien dit ! avoue Amélia.

— Je suis navrée pour toi, dit Alex en posant sa main sur celle de son amie.

— Tu ne savais rien ? C'est dingue, insiste Lucie en enroulant ses cheveux autour d'un doigt pour dompter sa nervosité.

Théa les écoute en silence, faisant mine de siroter son thé glacé. Sasha s'est emparée d'une brosse pour démêler sa crinière rousse.

— Peut-être qu'ils ont dû s'enfuir à cause d'un crime, propose Iris dont l'imagination galopante est connue de tous.

— Un crime ! Mais bien entendu, son père était vendeur de drogues et à Black, le marché ne prend pas, c'est connu, réplique Sasha d'un ton ironique.

— Son père vendait de la drogue ? répète Lucie au bord de la syncope.

— Exact, répond Sasha contenant un fou rire. Mais non, Lucie chérie ! Il faut vraiment que tu te concentres ! Comme je te l'ai expliqué, la forme est aussi importante que le fond. Ici, par exemple, j'ai prononcé cette phrase sur un ton particulier, non ? Puis, j'ai fait un clin d'œil... Tu n'as rien remarqué ? À la limite, si cela te stresse, une bonne façon d'évaluer s'il y a lieu de me prendre au sérieux ou non, est d'observer la réaction des autres.

— Tu vas y arriver, Lucie, renchérit Iris en lui tapotant l'épaule.

— J'aurais bien vu son père comme dealer. En *bad boy* sexy, il aurait été parfait, ajoute Sasha en riant.

— D'accord, il est beau, mais il n'a absolument rien d'un *bad boy*, crois-moi, assure Iris. Il est plutôt du genre extrêmement coincé !

Alors que les autres s'esclaffent, Lise semble de plus en plus nerveuse. Absorbée par ses pensées, elle joue avec l'ourlet de sa jupe.

— Tout va bien ? lui demande Théa.

— Oui, bien sûr, répond-elle en détournant le regard.

— Tu es sûre, insiste Alex.

— Pour être honnête, peut-être que je connais la raison du départ de Diane, admet Lise en rougissant légèrement.

Six têtes se tournent vers elle dans l'instant. Impossible de faire marche arrière désormais.

— Un soir, j'ai entendu quelque chose... Je n'aurais pas dû... Je suis rentrée plus tôt d'une de nos fêtes. Je ne me sentais pas bien et je voulais me reposer. Ma mère était sur la terrasse à l'arrière de la maison et répondait à quelques questions urgentes de ses patientes. Elle ignorait que j'étais rentrée, sinon elle se serait certainement enfermée dans son bureau pour prendre cet appel. Vraiment, c'est un médecin très professionnel, ajoute-t-elle pour ses amies.

Les filles l'écoutent avec une grande attention, la tête tournée vers elle, obligeant leurs coiffeurs à s'adapter à cette nouvelle orientation. Un silence plane dans le petit salon lorsque la voix de la jeune fille s'élève à nouveau.

— Ma mère n'arrêtait pas de répéter cette phrase : *Calme-toi, Diane, tu es la seule à pouvoir décider s'il faut ou non mettre un terme à cette grossesse. Personne ne peut t'y contraindre.* Je crois qu'elle l'a bien dit trois fois. Je suis restée figée, debout dans le couloir, incapable de partir, incapable non plus de manifester ma présence. Je voulais savoir, évidemment. Savoir si cela concernait notre Diane, ajoute Lise.

Dans la glace, les visages sont soudain pâles.

— Ses parents sont extrêmement stricts paraît-il, précise Alex.

— Et alors ? Que s'est-il passé ? demande Amélia au bord des larmes.

Lise prend une profonde inspiration, comme si sa confidence lui demandait plus de courage.

— C'est horrible. J'avais l'impression que ma mère essayait désespérément de la convaincre. Cette Diane n'était pas la première à subir la pression de ses parents et ma mère s'est toujours démenée pour défendre la volonté de ses patientes. Elle veut leur éviter de vivre avec un choix dont les conséquences sont lourdes et définitives.

Le soleil filtre à travers les persiennes et couvre de lignes fines celles qui rêvent que l'histoire se termine bien. Le visage crispé, elles attendent la suite du récit.

— *Je comprends,* a-t-elle dit et, en réalité, cela ressemblait plutôt à *Je suis désolée.* Depuis le couloir, j'apercevais ma mère, assise à même la pelouse, la tête posée sur sa main, comme si tout son corps était soudain trop lourd. Même de dos, on pouvait voir combien elle était effondrée. Elle n'était pas parvenue à convaincre cette Diane et secrètement, j'espérais encore que ce soit n'importe quelle Diane. Pas la nôtre.

Théa essuie une larme avec le dos de sa main. Toutes sont penchées vers Lise, comme si sa voix n'était plus qu'un murmure. Les coiffeurs semblent avoir été transformés en autant de statues, une mèche dans une main, la brosse levée dans l'autre, arrêtée dans son mouvement, suspendue, en attente du dénouement. Tous connaissent Diane. Tous sont avec elle en cet instant dont ils imaginent l'issue. Tous s'en veulent déjà de n'avoir rien vu, rien fait. Alors que seul le bruit du ventilateur emplit encore le salon, la voix de Lise conclut, troublée.

— Ma mère a saisi un bloc-notes et un stylo et a posé cette dernière question : *Lemoy, cela s'écrit bien avec un « y » ?*

5

Le 27 juillet 2012, 12 heures

— BARNABÉ !

Il se retourne et cherche du regard celle qui l'appelle. Jane lui fait signe depuis l'autre côté de la rue. Il traverse et d'un pas rapide, la rejoint.

— Jane, quelle surprise ! Que fais-tu ici ?

— Sasha est chez le coiffeur.

— Évidemment ! réplique Barnabé.

— Amélia aussi ?

— À ton avis ? répond-il en riant. Comme chaque 27 juillet, le coiffeur propose ses services à domicile, mais Amélia ne manquerait pour rien au monde un moment entre copines.

— Je la comprends, poursuit Jane amusée. Dis, mon cher ami ou devrais-je dire cher collègue-chauffeur, on a le temps pour un petit café alors ?

— Avec grand plaisir !

Même s'ils n'ont que quelques mètres à parcourir jusqu'au café au coin de la rue, Barnabé passe son bras sous celui de l'élégante Jane. Pourquoi devrait-il se priver de la chaleur de ce corps contre le sien ? Du plaisir d'accompagner cette beauté ?

— Comment fais-tu pour être toujours aussi ravissante ? lui demande Barnabé en souriant.

— Mon cousin le beau parleur est de retour ! Quelle joie ! Moi qui croyais que ton deuil se prolongerait encore quelques semaines. Dois-je comprendre que tu t'es remis de tes émotions, que Céleste est oubliée et que tu es à nouveau prêt pour le grand amour ?

— Arrête avec cette histoire de cousin ! C'est à un degré si lointain que la plupart des habitants de Black ont un lien de parenté plus proche que le nôtre !

Ils entrent dans le café, célèbre pour ses biscuits à la cardamome et à la cannelle, et s'asseyent à l'unique table disponible dans le patio. À l'ombre d'un grand parasol couleur crème, ils prennent place dans des fauteuils dont le confort ne contribue pas au renouvellement de la clientèle. Des coussins colorés sont disposés négligemment çà et là, autant de touches vives dans cet endroit apaisant.

— Pourquoi ignores-tu ma question sur ta vie amoureuse ? insiste Jane en posant son sac près d'elle.

— Toujours aussi directe ! Je n'ai même pas encore commandé nos cafés que tu entres déjà dans le vif du sujet !

— Comme dit mon adorable tante Faby : *qui aime les moules, à part dans son assiette ?*

Barnabé sourit.

— Tu n'as jamais eu envie de faire comme tout le monde ? Parler un peu de la météo, évoquer les enfants, décrire la robe éblouissante que tu porteras ce soir ? Un brin de discussion légère avant d'aborder l'essentiel ? Question de se mettre en condition... suggère Barnabé en hélant un serveur.

— Il fait beau – comme presque toujours à Black –, les enfants grandissent bien et ma robe de ce soir est en soie blanc cassé brodée de fins fils dorés, modèle bustier, exactement comme tu l'as décrite : éblouissante. Donc, prêt à aimer à nouveau ? persévère Jane en s'emparant de la carte pour la consulter.

Involontairement, son regard suit une tarte aux framboises sur lit de crème fraîche jusqu'à sa destination, une table occupée par une jeune femme plongée dans un roman. Une vision qui rappelle à Jane tout ce qu'elle ne s'accorde plus. Une gourmandise, un écart à sa discipline de fer, du temps pour elle, une heure pour ce qu'elle considère des futilités. Non, le temps doit être utilisé efficacement, les calories maîtrisées, chaque chose à sa place dans une organisation parfaite. Jane a créé cette routine impeccable où elle enchaîne sport, présence aux enfants, mari, amis et bénévolat. Cette discipline ne la rend pas malheureuse même si elle s'inquiète parfois de ce quotidien figé.

Quand est-elle devenue cette sorte de robot qui répond à un programme précis ? Quand a-t-elle pour la première fois négligé ses envies ? Elles étaient pourtant tout ce qui comptait avant. Quand avait-elle abandonné cette façon d'être au monde ? Cela correspondait si peu à sa nature sauvage et spontanée. Parce que le changement s'était produit lentement, il lui était impossible de répondre à cette question. Était-ce après la naissance de Sasha ? Était-ce la maternité qui l'avait poussée à rentabiliser chaque minute d'un temps devenu une denrée rare ? Ou bien, était-ce une éducation trop rigide qui l'avait prédisposée à tant de discipline ?

À regret, Jane quitte des yeux la jeune fille qui se délecte du gâteau pour se concentrer à nouveau sur le menu.

— Tu ne la connais pas encore par cœur ? demande Barnabé en désignant la carte.

— C'est un de mes plaisirs, rêver à tout ce que je pourrais manger, puis commander un simple thé.

— Oui, Barnabé, l'être humain – moi la première – est pétri de contradictions ! ajoute-t-elle en riant.

Jane mordille sa lèvre inférieure. Elle n'aime pas se justifier, surtout lorsqu'elle agit comme une personne qui ne lui ressemble pas.

Après un court instant, elle insiste encore :

— Alors, vas-tu enfin répondre à ma question ? Elle est pourtant simple !

Le serveur sauve Barnabé en les interrompant pour prendre leur commande.

— Je vais prendre toutes les pâtisseries sur la carte, s'il vous plaît. Et un café également. Merci.

Jane le regarde, ébahie.

— Tu as tellement faim ? s'exclame-t-elle.

— Non, juste une envie de te bousculer dans tes habitudes, rétorque-t-il avec un clin d'œil.

— Je… je prendrai un thé au jasmin, dit Jane soudain troublée. Merci.

Pendant quelques secondes, ils se contemplent en silence. Le flot de paroles qui anime ordinairement leurs rencontres les a toujours préservés de cette intimité. Au milieu du tumulte, Barnabé et Jane sont confiants et forts, mais un instant dans un silence contraint et ils deviennent fragiles. Émouvants même. Barnabé lui sourit, à défaut de pouvoir la sauver avec une autre question.

Au fond, il apprécie ce silence qui lui offre une autre dimension de son amie. Il regarde ses mains sur la table, posées sagement l'une sur l'autre, il observe ses doigts fins et les bagues qui rappellent un état qu'il voudrait maintenant ignorer. Il aimerait poser sa main sur les siennes. Pour la rassurer. Pour accroître encore cette intimité naissante. Il aimerait parler plus doucement, murmurer quelques mots à son oreille, caresser sa joue, lentement, mais tout cela appartient aux amants, pas aux amis de longue date troublés par la magie d'un moment.

— L'amour donc, répète Barnabé pour mettre un terme au silence. Et toi, Jane, qui t'inquiète tant de la vie amoureuse des autres, est-ce que tu l'aimes, ton mari ?

Elle lève la tête et le foudroie du regard. Il est soufflé de la découvrir si belle lorsqu'elle est en colère, ses yeux bleus formant avec sa chevelure rousse un ensemble intense. Elle hésite, pince les lèvres, une façon comme une autre de retenir une vérité. Le serveur dépose les boissons chaudes sur la table. Sans prononcer un mot, Jane s'empare de la sienne. Ses mains se crispent autour de la tasse qu'elle porte lentement à sa bouche. Barnabé fronce les sourcils, intrigué d'avoir touché un point sensible.

— Mon mari ne me quittera jamais.

— Tu n'as pas répondu à ma question.

— Si, je viens de le faire.

6

Le journal de Théa

À ME LIRE, ON POURRAIT IMAGINER que je me suis réjouie du départ de Diane.

Pour être honnête, mon esprit est absorbé par autre chose. Je songe à la date de mon prochain anniversaire. La célébration m'importe peu, c'est le pacte dont il fait l'objet qui me tient en haleine.

Il n'est pas simple de définir le bon moment dans une vie, cela requiert de la patience, une sensibilité particulière et le courage de choisir sans certitude. C'est tout cela que ma mère a perçu chez Madeleine lorsqu'elle lui a confié la mission de me transmettre ses lettres.

Au cours des derniers mois de sa vie, ma mère a noirci des dizaines de pages qu'elle a emballées dans du papier de soie afin qu'elles traversent intactes les années.

J'ai un souvenir précis de ce matin où ma mère, étendue sur un lit qu'elle ne quitte plus beaucoup, donne ce paquet à Madeleine. Je me vois encore monter les escaliers, claquant exagérément mes pieds contre le sol pour que mes pas résonnent dans le grand hall. Je cours vers ma mère et cela me rend heureuse. Par la suite, je me suis demandé si je n'avais pas inventé ce souvenir. Comment aurais-je pu être ravie dans pareilles circonstances ? Si les autres savaient, ils me prendraient pour une folle. Il m'a fallu du temps pour élucider le mystère de cette joie déplacée. Je sais maintenant qu'un enfant ne vit que dans l'instant et qu'à cet instant-là, j'ai envie de ses bras, de son sourire, d'un baiser.

Je suis heureuse car ma mère est comme toutes les mères des enfants de cinq ans, éternelle.

Les années ont contraint ce souvenir à s'archiver en une série d'images qui se succèdent comme des diapositives : mes pieds chaussés de *babies* bleu marine dont la lanière est fermée négligemment, ma main sur la rampe en bois, plus bas le sol en pierre sur lequel le soleil distille quelques taches lumineuses, le long couloir dans lequel ma mère a affiché mes dessins d'enfant.

Je m'apprête à aller l'embrasser, mais quelque chose me retient. Ma mère a le visage baigné de larmes. Madeleine est à ses côtés et se penche vers elle. Je me tiens dans l'embrasure de la porte mais absorbées par leur échange, elles ne me voient pas. Madeleine a posé sa main sur celles, plus fragiles, de ma mère et je suis soulagée par ce témoignage de tendresse. Je ne connais pas grand-chose au monde des adultes, mais il me paraît évident que ma mère mérite d'être aimée et que mon père n'est pas à son poste le plus important. Même si je ne saisis pas les détails de cette scène, je comprends qu'il faut partir, les laisser dans cette intimité où ma mère ose enfin pleurer.

Je marche à reculons et ma mère et Madeleine deviennent plus petites. Je suis sur le point de me retourner lorsque j'aperçois ma mère lui confier un petit paquet.

Madeleine a réfléchi longtemps à la meilleure façon de me transmettre ces lettres. Finalement, elle a choisi de les partager en quatre paquets pour que le cadeau se prolonge dans le temps. Elle estimait qu'à quinze, seize, dix-sept et dix-huit ans, j'aurais la maturité suffisante pour les comprendre.

Dans quelques semaines, je recevrai le dernier paquet de lettres. Voilà ce qui occupe mes pensées.

Depuis mes quinze ans, c'est un nouveau monde que je découvre en parcourant l'écriture régulière de ma mère. Je n'avais jamais songé que derrière ce visage souriant se cachait, comme pour nous tous, un passé, une histoire, une souffrance aussi.

Ces lettres peuvent sembler tristes, pourtant, elles m'apportent une joie profonde, celle de la connaître vraiment.

7

Le 27 juillet 2012, 14 heures

Cabinet de la psychologue Augustina Lamberto

BARNABÉ PARCOURT LES LIVRES de la salle d'attente, autant d'hymnes colorés destinés à aider ceux qui veulent aller mieux. Comme si la clé du bonheur tenait en quelques phrases joliment formulées ! Quiconque a vécu sait pourtant quel chemin sinueux peut prendre cette quête, songe-t-il en caressant sa barbe. Il serait enfantin de penser différemment.

Barnabé soupire en regardant sa montre. Pourquoi donc a-t-il pris ce rendez-vous ? Lui, un homme rationnel qui a toujours pu compter sur sa logique ou une réflexion plus approfondie pour dénouer n'importe quel problème. Fallait-il qu'il soit désespéré pour recourir aux services d'une psychologue ! Pour aggraver son cas, celle de Black est connue pour son originalité. D'aucuns racontent que ses propres patients seraient plus aptes qu'elle à atténuer la folie de ce monde ! De mauvaises langues, se rassure Barnabé. Certes, Augustina Lamberto est un personnage haut en couleurs, mais son diplôme atteste de ses compétences.

La psychologue est venue s'installer récemment dans la petite ville pour remplacer Nine Lami, partie à la retraite. Barnabé tente de se rappeler les fois où il l'a croisée dans les rues de Black. La jeune femme, âgée d'une quarantaine d'années, l'a salué d'un sourire gentil mais discret, une attitude en décalage avec sa tenue. Il est clair qu'on peut voir Augustina arriver de loin. Elle porte toujours une longue jupe d'une couleur vive, une chemise blanche et des sandales en cuir. Quelques bracelets multicolores tintent à ses poignets lorsqu'elle lève la main pour dire bonjour. C'est cette allure joyeuse qui a attiré l'attention de Barnabé. Une façon de jouir de la vie qui l'a contraint à s'interroger sur la sienne. Il a l'impression diffuse d'être coincé, pieds et poings liés par ses appréhensions. Il se rappelle d'un temps où tout était fluide, où il avançait déterminé, mû par son seul instinct, puissant et juste. Cette époque résonne douloureusement, lui rappelant une partie de lui-même dont il est désormais privé.

Que s'est-il passé ? Est-ce l'âge, les certitudes qui s'étiolent ? Même si son existence reste agréable, Barnabé se heurte à la raideur d'un homme qui a perdu confiance.

— J'imagine que vous êtes Barnabé Quills ?

Augustina lui tend la main depuis le seuil de son cabinet. Il devrait s'approcher, mais, malgré lui, Barnabé la dévisage. Ses cheveux ondulés, son habituelle chemise blanche, la couleur de sa jupe – écrue brodée de fleurs fuchsia – et ses pieds nus. Il reste quelques secondes immobile, absorbé par ces pieds, certes vernis et soignés, mais nus ! Il voudrait s'avancer vers elle, serrer cette main en attente, mais en pensée il est déjà loin, sur une plage, face à d'autres pieds. Des pieds qui l'émeuvent et suscitent la joie, par leur promesse d'un amour infini.

Barnabé sait qu'il doit prononcer les paroles d'usage, mais soudain, ce sont les larmes qui prennent toute la place. Il veut les contenir pour rester cet homme impeccable qu'il affectionne, une image dont il ne peut se départir, une apparence qui lui coûte beaucoup d'énergie. Il voudrait se laisser submerger par l'émotion, s'autoriser à plier sous son poids, s'agenouiller à même le tapis et pleurer sans retenue. Il donnerait tout pour être à nouveau sur cette plage avec elle, pouvoir tendre la main et caresser ces pieds rêveurs, gages d'un avenir heureux. Il faudrait pour cela qu'il puisse revivre cet instant où tout se décide et choisir différemment. Alors, peut-être serait-il toujours vraiment vivant ?

— Voulez-vous entrer et vous asseoir ? lui demande Augustina d'une voix chaleureuse.

Comme il demeure immobile, la psychologue glisse un bras sous le sien et le guide à l'intérieur.

— Voilà, asseyez-vous là, dit-elle avec douceur.

Elle s'installe en face de lui. Bien que les deux fauteuils soient identiques, il pressent qu'elle choisit toujours le même, le transformant en un fauteuil unique, formé par le corps léger de celle qui écoute. Elle ramène ses pieds sur l'assise et les cale contre elle.

Il faut qu'il se détache de son souvenir, car seul le présent peut le sauver. Barnabé doit s'y ancrer, s'ouvrir, parler ! Il veut lever les yeux, mais la crainte qu'un autre le regarde, là, dans cette posture affaiblie, le retient. Ce n'est pas un péché d'orgueil, mais une pudeur qui le définit comme une seconde peau. Comment peut-il ennuyer quelqu'un avec ses affects alors qu'il mène une vie parfaite : les enfants, la santé, le soleil et le confort de ne pas avoir à compter son argent ?

— Vous voulez me raconter ce qui vous amène ?

Augustina a noté quelques informations dans son carnet et se concentre maintenant sur son patient. Barnabé lâche alors enfin ces pieds qui l'exilent. Les larmes coulent librement sur ses joues, mais il se comporte comme si elles n'étaient pas là et les laisse glisser. Rien n'est plus troublant qu'un homme qui offre sa fragilité.

— Je... essaie-t-il en la regardant dans les yeux.

Comment aborder son histoire ? Peut-on commencer n'importe où, en tirant sur un fil pour que tout le récit se déroule ? Il voudrait ne rien laisser de côté, mais impossible de capturer ce réel qui coule inlassablement entre ses doigts comme du sable fin.

— Il y a longtemps, j'ai aimé une femme.

Sa voix se brise en prononçant ces mots, comme si la révélation d'un amour jusque là enfoui le rendait soudain plus vivant. Barnabé s'arrête, mesure le poids de sa déclaration, contemple comment elle se fraye un chemin en lui pour l'emplir d'une joie mélancolique. Il voudrait fermer les yeux pour n'être plus qu'avec elle. Il s'efforce de reprendre son récit pour ne pas à nouveau s'évader.

— C'était une femme forte, comme on en voit rarement. Une femme qui s'était construite toute seule, avec ce que l'on avait bien voulu lui donner. Je dirais même qu'elle s'était construite malgré les autres.

Barnabé marque une courte pause. Il cherche la meilleure façon de formuler sa question.

— Comment peut-on arrêter d'aimer une femme comme elle ?

Il ne résiste plus et ferme les yeux quelques secondes pour être avec elle, contre cette peau dont il se rappelle jusqu'au parfum. Il se fond dans ce premier baiser, encore violemment précis, comme s'il venait juste de se produire. Comment pourrait-il l'oublier alors qu'elle est là dès qu'il clôt les yeux, éblouissante comme au premier jour ?

— Jamais je ne pourrai réparer mon erreur. Jamais.

La colère prend la place de l'impuissance. Une colère sourde, une flèche pointée vers lui et dont il se menace maintenant. Augustina reste silencieuse. En matière de regret, les tentatives de réponses sont souvent dérisoires.

— Comment pourrais-je dormir, vivre ? Comment ai-je pu…

Le chagrin l'étrangle, l'empêchant d'achever sa phrase. Il la regarde, les yeux baignés de larmes.

— Je voudrais comprendre… Comment ai-je pu abandonner la femme que j'aime ?

— Qu'est-ce que cela vous apporterait ? demande-t-elle en plissant les yeux.

Barnabé s'enfonce dans son fauteuil comme si la question lui accordait un répit.

— Je ne sais pas... Je voudrais comprendre pourquoi j'ai été si stupide...

— Vous voudriez comprendre ou vous souhaiteriez réparer ? suggère-t-elle.

— C'est impossible de réparer, la coupe-t-il sèchement.

— Il est toujours possible de réparer.

— Vous ne comprenez pas ! s'agace-t-il. Je la cherche dans toutes les femmes, mais elle n'existe nulle part. Un jour, j'ai renoncé à elle et cela m'a condamné à renoncer à toutes les autres. Je ne pourrai jamais me pardonner !

— L'on peut toujours réparer.

Il se lève d'un bond, exaspéré.

— Vous ne connaissez rien à mon histoire et vous me sortez vos formules toutes faites pour être heureux. Que savez-vous de la vie ? De ma vie ? De cette histoire-là ?

Il serre les poings, dans une tentative de maîtriser sa colère.

— Je ne vous propose pas de réparer parce que cela est possible. Je vous propose de réparer parce que c'est tout ce qu'il vous reste. Vous ne disposez que du présent et ce n'est qu'ici que votre vie peut se construire.

Un instant, il semble touché par ces paroles, gagné par l'espoir qu'elles contiennent. Puis, il baisse la tête et s'avance vers la porte.

— On a tous le droit à une réparation. Vous n'êtes pas le seul à avoir des regrets.

Elle s'interrompt avant d'ajouter :

— Donnez-nous au moins une chance avant de partir, voulez-vous ?

Barnabé s'est immobilisé. Il se sent stupide de vouloir fuir tel un gamin contrarié et en même temps, il craint le voyage qui l'attend s'il s'assied en face de cette femme.

En proie à une lutte intérieure, il tente de définir un compromis acceptable pour lui-même. C'est comme cela qu'il a toujours procédé dans les situations compliquées. Il est évident qu'il faut rester, au moins le temps d'une séance, alors il retourne s'asseoir dans le fauteuil confortable.

— Merci de nous donner une chance. Me permettez-vous de rentrer dans le vif du sujet ?

Il acquiesce en se redressant, comme s'il s'agissait d'un entretien d'embauche.

— Si j'ai bien compris, vous avez fait un choix que vous considérez aujourd'hui comme une erreur ?

Il ne répond rien, alors elle poursuit.

— Quel homme auriez-vous dû être pour faire le bon choix ?

Barnabé soupire.

— Vous pouvez prendre votre temps.

Il s'enfonce à nouveau dans le fauteuil et regarde par la fenêtre.

— La réponse est facile. J'aurais dû être un homme qui ose, un homme qui a le courage de suivre ses envies, un homme qui a confiance dans la vie, dans l'autre, pas un type qui renonce avant d'avoir essayé. En amour, j'ai toujours été si…

— Si ?

— Si convenu ! Comme si faire *ce qu'il faut* était ma priorité absolue…

— Et qui êtes-vous en réalité ?

— Je crois que je pourrais être celui qui ose, mais…

Augustina sourit.

— … j'ignore comment faire. J'ai depuis si longtemps collé à la norme que je ne suis même pas sûr de savoir encore agir autrement.

— Oser, envie, confiance, essayer. Que vous inspirent ces mots ?

Barnabé pianote distraitement sur son genou.

— De la joie ? avance-t-il, peu sûr de lui.

Elle rit.

— Il n'y a pas de réponse exacte, vous savez ! Toutes les réponses sont bonnes, ici. Nous explorons et il est impossible de se tromper lorsqu'on s'embarque pour ce genre d'aventure.

— Jolie perspective, réplique-t-il, un sourire aux lèvres.

Augustina saisit son carnet et y inscrit quelques mots.

— Donc, si je résume, vous êtes un homme qui ose, en attente d'être à nouveau lui-même… ?

— C'est une formulation terriblement optimiste, rétorque-t-il amusé. Mais l'idée me plaît. Je dirais même que je suis un homme en attente d'exister.

8

Lettre de Jill Vogue à sa fille Théa, datée du 10 mai 2000

Ma Théa chérie,

Je ne vais pas te cacher que toute existence connaît son lot d'instants tragiques. Il est rare qu'il en soit autrement. Je veux te rassurer d'une autre façon, plus honnête, plus solide. Je veux te décrire ce que ton premier regard contenait de force et comment, en grandissant, celle-ci s'est enracinée en toi. C'est là que tu peux puiser ton énergie pour te relever. Là et chez toutes les personnes que tu choisiras pour t'accompagner sur ton chemin.

Après Barnabé Quills, j'ai choisi Jane Langloy.

Au cours de l'été de notre rencontre, nous lui faisons une place dans notre cercle restreint. Barnabé et moi comprenons rapidement qu'elle ne restera pas allongée des heures dans une molle quiétude. Inutile de tenter de la contaminer avec nos penchants pour un silence serein, Jane Langloy aime parler, rire, crier, courir. Je la vois encore, poings sur les hanches, pieds écartés, nous réprimander pour nos vies de pacha :

« Vous êtes vieux avant l'heure ! Vous êtes complètement dingues de faire les mollusques toute la journée ! Faut vivre un peu, là ! »
Pourtant, on vit. Bien, même.
Nous avons promis de prendre soin de Jane, alors nous nous mettons à son diapason. Nos journées prennent vite la forme d'un marathon : il faut bouger, beaucoup, tout le temps. Jane nous impose de découvrir le monde, comme si nous étions tous les trois condamnés. Nous sommes pourtant sûrs d'avoir du temps devant nous, mais elle ne partage pas cette certitude. Je n'ai encore jamais vu une personne comme elle. Levée à l'aube, elle est la dernière à aller se coucher. Mue par une impulsion mystérieuse, elle a toujours un désir qui nous presse sur un nouveau projet.
Je suis fascinée par cette énergie qui contraste avec l'apathie régnant dans mon foyer. Chaque matin, j'ai le sentiment de quitter la mort pour retrouver la vie et malgré le drame qui frappe l'été de mes quatorze ans, cette époque demeure lumineuse. J'ai l'impression qu'avec Barnabé et Jane à mes côtés, je suis invincible.
Je crois naïvement que les sanglots de ma mère la nuit ne m'atteignent plus, que le désintérêt de mon père n'érode pas lentement ma confiance en moi. J'ai besoin de me convaincre de tout cela pour ne pas subir, impuissante, la souffrance des autres. J'ai tellement envie d'y survivre.
Alors que la chaleur est à son apogée et que notre trio flirte avec le paradis, il y a ce jour étrange. « Étrange » n'est sans doute pas l'adjectif approprié pour qualifier cet événement d'une violence inouïe. Peut-être devrais-je dire « étranger », car il semble appartenir à un autre monde tant il est opposé à ce qui nous anime tous les trois.
Comme tous les matins, j'ai quitté tôt la maison et ne projette d'y revenir que peu de temps avant le coucher. Contrainte d'y vivre en apnée, je veux y rester le moins possible. Y dormir est déjà beaucoup.
Alors que les autres journées se mélangent pour n'en former qu'une, je me rappelle parfaitement du déroulement de celle-ci, comme si le drame avait cristallisé tout ce qui l'entoure.

J'ai oublié un livre que j'ai promis à Barnabé. Notre existence dépend parfois de ce genre de détails, pour une broutille, elle prend un cours inattendu. Je veux faire plaisir à Barnabé, ma façon de le remercier pour tout ce qu'il m'apporte. Il est vrai que notre relation est profondément inégale, il m'offre une vie et je ne lui donne en retour que mon amitié.
Je me vois courir sur la plage, mes pieds qui s'enfoncent dans le sable et ma joie à l'idée d'enfin faire quelque chose pour lui. Je me rappelle le calme qui règne dans une maison que je ne connais plus à cette heure de la journée. Je cherche le livre en vain, mais il n'est ni dans la bibliothèque du salon ni dans ma chambre. Pour une raison mystérieuse, je suspecte ma mère de l'avoir emprunté. En plein après-midi, elle dort certainement. Si je me glisse sans bruit dans sa chambre, je pourrai le récupérer sans la réveiller. Doucement, j'ouvre la porte et sans un regard pour celle que je ne connais plus, je me dirige vers l'étagère.
Alors que je parcours les titres, un détail me glace. Dans cette chambre, il n'y a aucun bruit. Je tends l'oreille pour percevoir un souffle tranquille, mais c'est le silence qui prend toute la place. Je me rassure en me racontant qu'elle est sans doute sortie alors que ma mère ne quitte plus la maison depuis longtemps. Je me dis que la respiration est presque inaudible lorsque le sommeil est profond, qu'il me suffirait de m'approcher du lit pour voir son buste se soulever.
Je me répète qu'avec ses cinq enfants, elle ne va quand même pas oser.
Je veux prendre la fuite lorsque je trébuche sur un petit cylindre en plastique vide. La terreur m'assaille. Mon cœur bat trop fort, trop vite. Une certitude grandit, celle que je partage cet air confiné avec une morte.
Celle aussi que plus jamais je ne pourrai lui demander si, au fond, elle m'aime.

Ta maman

9

Le 27 juillet 2012, 16 heures

— Mais qu'est-ce qui t'empêche d'agir ? demande Jane.

C'est la question que Charlotte ressasse depuis trop longtemps.

— Ce n'est pas comme si j'évitais le sujet… Cela fait des mois que je m'interroge. Dès que je pense à partir, une immense fatigue m'envahit et je n'ai plus qu'une envie, dormir !

Jane tend la main vers son amie.

— Charlotte, j'ai l'impression d'être avec une mamie ! Réveille-toi ! As-tu vraiment d'autres options que de le quitter ? Que reste-t-il de votre couple ? Cite-moi une seule chose que votre relation t'apporte encore ?

Charlotte baisse la tête. Les deux amies sont allongées sur des sofas d'été, flanqués de coussins en coton épais, avec pour vue cette mer, éternel témoin de leurs existences en mutation. Sur la table basse, un bol de fraises et une carafe d'eau citronnée.

— Tout le monde n'a pas ta détermination. Évidemment qu'il n'y a plus rien pour moi. Quand on épouse un imbécile...

— Alors laisse-moi être ta détermination !

Charlotte sourit à cette idée.

— Et comment cela fonctionne-t-il ?

— C'est simple, j'élabore le plan et tu fais le pantin ! Avec ton niveau d'énergie actuel, tu seras absolument parfaite pour le rôle !

— Jane ! s'insurge Charlotte en tapant sur la jambe de son amie. Un peu de respect !

— Ah mamie se réveille ! Alors quand commence-t-on ? Attention, ma chérie, il n'y a qu'une seule bonne réponse à cette question...

— Aujourd'hui..., marmonne Charlotte sous la contrainte.

— Bravo ! Vu ton engouement pour ce projet, je propose même de s'y mettre tout de suite !

— Décidément, la soirée de Barnabé va devenir celle des ruptures.

Jane grimace.

— Pas forcément...

— Que veux-tu dire ?

— Ce soir, ce sera plutôt ta première soirée de célibataire, non ? Tu ne vas pas me dire que tu vas manquer l'opportunité de l'année sous prétexte que ta rupture n'a que quelques heures !

— Mais Jane, tu délires ? Tu m'as bien regardée ? J'ai géré ma frustration en me goinfrant de sucre, je suis épaisse, moche et surtout, ne devrais-je pas suivre une thérapie avant d'embarquer dans une nouvelle aventure ? Si je me suis retrouvée dans cette situation, c'est sans doute que tout n'allait pas parfaitement bien chez moi non plus, non ?

Jane lève les bras au ciel.

— Une thérapie ? Mais tu as trois enfants, non ?

— Oui, mais je ne vois pas le rapport...

— Ma petite chérie, tu ne sais donc pas qu'avoir trois enfants est non seulement une thérapie constante, mais la meilleure thérapie au monde ?

— Tu n'exagères pas un tout petit peu ? réplique Charlotte en riant.

— Pas du tout ! Pour rester saine d'esprit avec cette marmaille, il faut sans cesse explorer, s'interroger, s'adapter, bref rester en mouvement tel l'équilibriste sur son fil ! N'est-ce pas l'objectif même d'une thérapie ? Rester en mouvement pour être vivant ? Se préserver du destin de fossile ? déclare Jane en se levant.

— Bien entendu… Docteur Freud ! Et quel est ton plan magique ?

— Comment souhaites-tu lui annoncer ? demande Jane.

Charlotte s'affale dans le sofa en soupirant.

— Complètement saoule ?

— Très mature… Tu préfères oralement ou par écrit ? Parce que dans ton cas, avec ta maîtrise du non-dit, j'opterais plutôt pour une bonne lettre, sous l'égide de ta bienfaitrice ici présente…

— Je suis totalement capable de lui annoncer, s'offusque Charlotte.

— Vraiment ? Qu'as-tu répondu lorsqu'il t'a parlé de ses infidélités ? Rien. Grâce à cela, il est désormais persuadé d'agir avec ton consentement ! Je ne te fais pas confiance Charlotte Edney, future Charlotte Pitt !

— Très bien, mais une lettre, c'est un peu léger après quinze ans de mariage, non ?

— Lui ne s'embarrasse pas de politesse… rétorque Jane.

Elle se redresse et s'assied en tailleur. Vêtue d'une blouse couleur moutarde et d'un short en jeans, Jane est aussi jolie qu'à seize ans, le jour de leur rencontre. Elle attend une réponse et Charlotte sait qu'elle poursuivra le combat jusqu'à sa capitulation.

— Je veux au moins lui annoncer de vive voix, supplie Charlotte.

— D'accord, dit Jane en se levant. On y va !

— Quoi, maintenant ?

— Charlotte, je ne crois pas qu'il y ait jamais un bon moment pour rompre. Par contre, il est toujours urgent de débuter une histoire d'amour, ne fût-ce qu'avec soi-même.

Jane tend une main vers son amie. Charlotte la saisit et se lève. Enfin.

10

Le journal de Théa

Souvent, je me demande ce que je serais devenue avec un père différent. Un père qui me regarde, un de ceux qui s'inquiètent si je rentre tard le soir, un père rieur qui me répète combien il aime la vie avec moi.

Aurais-je été cette autre fille capable de tendre la main vers Lancelot, de lui sourire en passant mes bras autour de son cou ? Aurais-je osé ?

C'est un sentiment bizarre que de ne pas compter.

Enfant, une fois ma mère partie, j'ai pourtant tout essayé pour attirer son attention : dessins, jeux, chansons. Une fois capable d'écrire, je lui déposais des petits mots, un peu partout dans la maison, et j'attendais patiemment une réponse. J'avoue avoir souvent joué à cache-cache avec le néant, en quête de ce bout de papier qu'il aurait dissimulé pour moi. Je fouillais sous le lit, dans mes tiroirs, frustrée de ne pouvoir mettre la main sur ce trésor.

Et puis, c'est venu très vite. C'était finalement la solution la plus simple. J'ai commencé à m'en vouloir. Le fameux réflexe de ceux qui ne comptent pas : chercher à tout prix chez soi ce qui cloche plutôt que d'accepter que la vie, comme la nature, connaît des anomalies.

Que tous les pères n'aiment pas leur fille.

Sans ma mère, je voulais me battre. Je devais parvenir à me faire aimer, devenir cette fille qui a tout compris. Alors, j'ai tenté une nouvelle approche. J'ai observé ces autres filles qui avaient réussi, leur manière de parler, leurs gestes, leur façon de s'opposer. J'étais prête à tout, même à me calquer sur elles.

De ces longues heures d'observation, j'ai appris que, pour gagner l'amour d'un père, il faut être à la fois sage et rebelle, parler beaucoup et se montrer taiseuse, être vraiment trop franche et surtout rester diplomate.

En réalité, on peut être tout et son contraire et être aimé quand-même.

En découvrant cette vérité, je me suis sentie toute petite. Petite de ne pas susciter ce qui pour tant d'autres semblait une évidence. Petite jusqu'à ne plus avoir la sensation d'exister.

Malgré tout, il fallait continuer. J'aurais fait n'importe quoi pour être aimée par lui et puis un jour, j'ai décidé de le faire.

N'importe quoi.

11

Lettre de Jill Vogue à sa fille Théa, datée du 20 mai 2000

MA CHÈRE THÉA,

J'espère que tu ne me jugeras pas pour ce que je vais te raconter ici. Je veux être honnête avec toi, que tu me connaisses telle que je suis vraiment, car c'est tout ce dont nous disposons toi et moi. Cette authenticité, ces mots couchés sur le papier, ces récits de bonnes intentions qui échouent parfois au pied d'un lit.

Cet instant où je franchis le seuil de sa chambre sans un regard pour ma mère compte parmi les plus grands mystères de mon existence. Plus que tout, je crois que je ne veux pas savoir. Plus que tout, je veux conserver ma vie, poursuivre cet après-midi joyeux, courir vers mes amis, ne pas m'attarder ici avec ceux qui auraient renoncé. Alors, je dévale les escaliers et claque la porte de la maison sans même me retourner. Sur la plage, je me force à courir, croyant que la vitesse dissipera les images qui s'imposent désormais. Je revois le petit flacon vide et ma main qui se tend vers lui.

Malgré moi, je subis à nouveau ce choix terrible de la quitter et l'évalue à chaque seconde. J'ai tant lutté pour qu'elle vive, pour qu'elle m'aime avant de finalement abandonner et je découvre soudain qu'on n'abandonne jamais vraiment. Les sentiments s'attardent, qu'on le veuille ou non, et ce ne sont pas des journées joyeuses qui m'en préserveront.
Jane et Barnabé m'attendent à l'ombre d'un parasol. En m'approchant d'eux, je peux entendre leurs rires et l'espace d'un instant, je me demande ce que je dois leur dire. Je tente de me ressaisir et d'afficher le sourire que leurs présences m'inspirent. Lorsqu'ils m'aperçoivent, je suis encore à quelques mètres, oscillant entre la chute et la maîtrise. Mon pas se fait plus lourd. Je pensais tenir bon, pouvoir me redresser. Encore une fois. Puis il y a ce geste qui bouscule ma détermination. Ensemble, ils se lèvent pour m'accueillir. Barnabé ouvre les bras en faisant des grimaces débiles et Jane me sourit avec toute la chaleur dont elle a le secret.
Tout cet amour se heurtant à l'éternel silence de ma mère me frappe violemment. Et sous le choc de ces extrêmes, je ne peux que m'écrouler.
C'est une sensation bizarre que de sentir son corps s'affaisser, débarrassé de toute tension, les genoux plier au ralenti, sous le poids de la douleur. C'est étrange de capituler ainsi après avoir tant lutté. Pour la première fois, je veux renoncer.
En m'effondrant sur le sable, j'aperçois Jane et Barnabé qui se précipitent vers moi. Leur inquiétude, leurs bras qui m'entourent bientôt, mon mutisme forcé et les larmes qui coulent enfin.

Ta maman

12

Le 27 juillet 2012, 21 heures

— BONJOUR JOLIE JEUNE FILLE ! M'accorderiez-vous cette danse ? lance joyeusement Barnabé.

— Avec plaisir, cher monsieur, répond Théa en présentant sa main.

— Tu es magnifique ! Comme ta mère au même âge !

Elle sourit.

— Comment fais-tu pour gérer la longue liste de tes prétendants ?

— Difficile… Et toi, Barnabé, parviens-tu désormais à retenir le nom de tes conquêtes ?

— Très drôle ! À ce sujet, ai-je rêvé ou tu n'es pas insensible au charme de mon fils ?

Les deux silhouettes se déplacent élégamment sur la piste de danse. Barnabé a placé sa paume dans le dos de la jeune fille et son autre main a enveloppé celle de Théa, comme s'ils dansaient la valse. Théa rougit et détourne le regard.

— Ne t'inquiète pas. Personne ne l'a remarqué.

— De toute façon, ce n'est pas réciproque…

— Qu'est-ce que tu en sais ?

— C'est évident, non ?

— En amour, rien n'est évident. Crois-moi.

Théa pose sa tête contre l'épaule de Barnabé. Elle aimerait lui confier combien elle se sent seule. Face à cette effusion, l'homme ignore comment réagir et tapote maladroitement l'épaule de sa jeune partenaire.

— Il y a longtemps, j'ai fait une promesse à ta mère. Je lui ai dit que je serais là pour toi, en cas de besoin. Est-ce que je peux faire quelque chose, Théa ?

Elle lève les yeux vers lui et hésite un instant avant d'avouer :

— En fait… oui. J'aurais besoin de ton aide.

13

Le journal de Théa

JE NE DIRAIS PAS QUE JE SUIS TIMIDE. Je fais plutôt partie de celles que le manque d'asservité contraint à acquiescer à tout projet, à suivre le groupe, à embrasser celui qui embrasse plutôt que celui qui me fait rougir. Certains prétendront que je me laisse bercer.

C'est faux.

Je m'adapte car je suis incapable de dire ce qui est important pour moi. Cette vie raisonnable, je la crée par défaut, multipliant les non-choix

Pourtant, ce soir, tout pourrait être différent. Je pourrais être audacieuse, revêtir une personnalité un peu éloignée de la mienne et m'offrir tous les possibles.

Tous les possibles dont lui.

Même s'ils sont des dizaines sur la piste de danse, je ne vois que Lancelot. Je l'observe de loin, accoudée au bar, figée dans la posture de la jeune fille qui ne s'accorde aucun rêve. Un instant, il tourne la tête dans ma direction et sourit. Je suis tentée de regarder derrière moi pour vérifier si ce sourire m'est bien destiné. Heureusement, je ne bouge pas. Ne sachant pas s'il s'adresse à moi, j'hésite à réagir. Dans quelques secondes, il sera trop tard. Il aura détourné le regard et conclura à mon manque d'intérêt, laissant la porte ouverte à toutes ces histoires qui se dessinent déjà autour de lui.

La vie n'est pas faite pour les gens comme moi. Il me faudrait plus de temps. J'aurais besoin que l'on me tienne la main, pour enfin oser. Non, la vie n'est pas faite pour les gens comme moi et je dois l'accepter. Sourire ou me fondre dans la foule pour oublier.

Alors que mes pensées se brouillent sous la pression, un sourire involontaire se dessine sur mes lèvres. Je le voudrais discret, énigmatique. Il est étincelant tant ma joie est grande.

Lancelot s'approche lentement. Je me redresse tout en contemplant sa démarche souple, ses épaules larges, ses mains dont l'une se tend maintenant vers moi.

— Tu ne danses pas ? me demande-t-il.

— Je… fais une pause.

— Une pause ?

Il fait signe au barman.

— Tu veux boire quelque chose pendant ta pause ?

J'adore sa barbe naissante. Je serais cette autre fille, celle qui ose tout, je tendrais la main vers sa joue pour la caresser doucement. J'irais même plus loin, je parcourrais ses lèvres d'un doigt léger, je prendrais sa main dans la mienne et certainement qu'elle serait agréablement tiède.

Malheureusement, je ne suis que moi.

Il me faut encore quelques secondes avant d'articuler une réponse :

— Une eau pétillante.

— Grande noceuse, je vois, s'exclame-t-il en riant.

— Exactement, dis-je sur un ton qui, dans ce tumulte, ressemble plus à un murmure.

La bretelle de ma robe tombe sur mon épaule et dans un réflexe, il la replace. Cette main qui glisse sur ma peau un bref instant me paraît terriblement intime. Elle me donne l'impression qu'il s'apprête à me déshabiller, à écarter ce qui demeure encore entre nous, ces vêtements et toutes ces phrases qu'il faut parcourir pour enfin aller à l'essentiel.

Finalement, il reprend la conversation et nous échangeons quelques mots. Rien de très important. La vraie rencontre se joue ailleurs, dans nos regards, qui eux ne se cachent pas derrière des questions futiles. Un moment, il semble décontenancé comme s'il ignorait comment poursuivre.

— J'aimerais beaucoup qu'on se voit un de ces jours. Si tu as envie, tu m'appelles ?

Alors qu'il s'avance vers moi pour m'embrasser sur la joue, il s'arrête et se contente de poser sa main sur mon épaule.

— Vraiment. Cela me ferait très plaisir, ajoute-t-il en souriant.

Puis, il s'éloigne et je réalise combien nous avons peu d'espoir si tout est désormais entre mes mains.

PARTIE IV

Le 27 juillet 2013

« Ils ne savaient pas que c'était impossible,
alors ils l'ont fait. »
Mark Twain

Légende de Black

Avant, il n'y avait rien.
Aujourd'hui, il y a tout. Nous avons tout.
Et ce tout contient une liberté infinie.
De rester ici ou de partir.
De naître, de grandir, de mourir.
De marcher longtemps, de s'arrêter, de pleurer, de crier, de rire aussi.
Si avec le temps, votre être s'est figé, le 27 juillet vous offre une opportunité.
Celle de naître à nouveau.

1

Lettre de Jill Vogue à sa fille Théa, datée du 1er juin 2000

Ma jolie Théa,

Avec ces lettres, je m'enfonce dans l'enfance comme un radeau dans les remous d'une cascade, lentement, prête pour cette chute à pic qui ne me laissera pas indemne. Après sa tentative de suicide, j'ai hérité d'une mère fantôme, une forme molle encore plus absente qu'avant. Elle est revenue d'entre les morts, mais nous savons désormais qu'elle est capable de nous abandonner.

Cette réalité contribue à un sentiment qui ne cesse de croître, celui que je n'ai pas ma place ici. Jusque-là, j'ai tenté de vivre parmi ces autres aux existences normales, j'ai essayé de me fondre dans leur univers paisible, adoptant leur langage, leurs habitudes, bataillant ferme pour me faire accepter. Mais cette peur viscérale d'être rejetée, comme je le suis dans ma propre famille, ne m'a jamais quittée. Je la trimballe avec le reste, telle une valise encombrante dont je ne sais que faire.

Quelques semaines sont nécessaires pour trouver un nouvel équilibre. Les premiers jours qui suivent cet après-midi sinistre, je ne parviens pas à me détendre. Au moindre bruit, mon corps se fige, guettant le danger. J'ai peur que l'on remarque que mon esprit s'alarme pour rien. Je ne veux pas qu'ils en concluent que, comme le cerveau de ma mère, le mien a commencé à débloquer.
J'essaie de me raisonner : il n'y a aucun danger, nous vivons dans une petite ville paisible, certes mon père est colérique et ma mère dépressive, mais cela ne causera pas ma perte… Si je persévère… Si j'ose aussi… Si j'ose, par exemple, me montrer telle que je suis à Barnabé.

Ta maman qui t'encourage à oser souvent, toujours… si c'est possible pour toi

2

Le journal de Théa

Aujourd'hui, c'est la fête annuelle chez Barnabé Quills. Ma treizième sans elle.

Je me souviens comme d'hier de ce corps froid et immobile. Je me concentre sur ses yeux clos qui me laissent encore espérer qu'elle dort. J'attends qu'ils s'ouvrent, qu'elle prononce enfin un mot. Je veux rester près d'elle, me coller contre son corps pour la réchauffer. Je veux rester près d'elle, mais l'on m'éloigne de force. Je me débats pour capter ces dernières images de ma mère avant qu'une porte se ferme, me privant d'elle pour toujours. Je hurle, mais personne ne semble m'entendre. Comme si avoir cinq ans me laissait sans désir à exprimer. Comme si tout ce que je pouvais vouloir en cet instant tragique n'avait pas de valeur. Comme s'ils savaient mieux que moi ce dont on a besoin lorsqu'on perd sa mère brutalement.

Je me rappelle aussi mon incrédulité. Comment pouvait-elle être morte alors que quelques heures plus tôt nous dessinions dans le jardin ? Comment pouvait-elle disparaître alors qu'elle avait toujours été là ? Et plus que tout, comment pourrais-je continuer sans elle ?

Mille fois, j'ai voulu courir à sa rencontre en rentrant de l'école, mille fois j'ai dû me rappeler son absence, sa mort, mon manque. Pourquoi le cerveau met-il tant de temps à enregistrer une information aussi importante ?

La veille de sa mort, ma mère m'observe pendant ma leçon de natation, assise au bord de la piscine, le jeans retroussé. C'est la dernière fois que je nage. Après son départ, ce ne sera plus jamais possible. D'après les médecins, ma soudaine phobie de l'eau est une réaction post-traumatique. Ce jour-là, mon professeur m'explique la position des doigts lorsqu'ils s'immergent dans l'eau, mais moi je ne vois qu'elle. Nous n'avons pas besoin de mots pour nous comprendre. Un battement de cils exprime tout. Il dit je t'aime maman. Elle, elle plisse les yeux et je comprends qu'elle m'aime aussi.

Sa mort m'a transformée en cet être étrange, assoiffé d'amour, en perpétuel décalage.

Théa, ma petite Théa.

Pourtant, j'entends encore sa voix dans mes rêves.

Théa, ma chérie, je suis toujours là pour toi.

J'entends aussi son rire.

Nos épaules se touchent, sa chaleur me gagne et devant moi, une vie d'amour.

Évaporée.

Mes trois rêves pour cette année :

Mettre au point mon plan

Parvenir à lui dire que je l'aime

Être aimée en retour

3

Lettre de Jill Vogue à sa fille Théa, datée du 15 juin 2000

Ma Théa chérie,

Enfant, on peut longtemps s'abandonner au simple bonheur d'être là. L'histoire que je te raconte ici peut sembler triste, mais ce constat ne tient aucunement compte de la joie innée qui m'habite. Je crois que c'est là que réside la plus grande richesse. Accéder à la joie, connaître le chemin vers elle ou, encore mieux, le parcourir sans même en avoir conscience.

Adolescente curieuse, j'observe les autres, me questionnant sur leurs quêtes personnelles. Je les épie en classe, lors des dîners, sur la plage ou encore dans ces instants où la vie est en suspens, dans une salle d'attente ou dans la queue chez le glacier. Je complète ces informations avec celles recueillies dans les films ou les romans et toutes ces petites phrases qui ponctuent notre quotidien.

Rapidement, il m'apparaît que, sous des dehors différents, nous poursuivons tous exactement le même but. Être heureux. Cette découverte est une révélation pour moi, car ma joie naturelle me place parmi les plus chanceux, ceux qui ont réussi alors que je me voyais jusque-là à la traîne... Je suis déjà là où ils souhaitent tous se rendre. Même ceux qui poursuivent leur quête de bonheur par des voies détournées, tendus vers un premier objectif – gagner beaucoup d'argent, devenir célèbre, être apprécié de tous –, ne rêvent en réalité que d'une seule chose. L'appât du gain ou d'un statut n'est qu'un moyen intermédiaire – le leur – pour accéder au bonheur.

Je suis sidérée de me découvrir soudain riche, accomplie et surtout, gâtée par cette vie plus que je ne l'aurais imaginé. Après avoir touché la mort du bout des doigts, je reviens encore plus vivante et cet élan me pousse vers lui.

Un soir d'automne, Jane, dont la famille a emménagé à Black, m'a invitée à dormir chez elle. Nous sommes installées sur sa terrasse, pelotonnées sous une couverture. Nous admirons une mer aux reflets roses et bleus dans laquelle le soleil vient se fondre. Pour une fois, Jane est silencieuse. Elle a rassemblé ses genoux contre elle pour y poser son menton. J'imagine qu'elle réfléchit. Sans doute a-t-elle, elle aussi, ses soucis.

Soudain, elle se redresse et se tourne vers moi.

— Pourquoi est-ce que tu n'aimes pas Barnabé ?

— Qu'est-ce que tu racontes ? J'adore Barnabé !

— Oui, oui, bien sûr, me répond-elle agacée. Je ne te parle pas d'amitié, mais d'amour !

Je ne réponds rien, mais la couleur de mes joues me trahit certainement.

— Alors tu l'aimes ?

Je souris.

— Mais alors, pourquoi n'êtes-vous pas ensemble ?

— Pardon ?

— Si vous vous aimez tous les deux...

— Il m'aime... ?

Mon visage s'empourpre à nouveau, troublée par cette révélation et mon ignorance en prélude amoureux. Pendant

des semaines, je la ressasse sans trop savoir qu'en faire. Évidemment, elle bouleverse ma relation avec lui. Je suis plus nerveuse, je scrute ses gestes dans l'attente d'un signal quelconque. Sait-il aussi que je l'aime ou Jane a-t-elle fait jouer la solidarité féminine, m'accordant un accès privilégié à la totalité des informations ? Je devrais lui poser la question, mais je ne le fais pas, de peur d'entamer ce que le moment contient encore de magie, de hasard et d'inconnue. Quand je suis seule, je m'interroge sur ce qu'il faut pour que deux êtres se rapprochent, je songe à toutes les manières dont nous pourrions initier cette histoire et, plongée dans mes rêveries, j'oublie d'agir.
Barnabé aussi a l'air différent. Hésitant, timide, déconcerté, il semble même avoir renoué avec son penchant pour le silence.
Ces quelques semaines m'apparaissent aujourd'hui comme un temps de flottement, nécessaire à l'ajustement de nos envies.
Les derniers jours avant ma plus grande histoire d'amour.
Exceptée celle avec toi.

Ta maman

4

Le 27 juillet 2013, 11 heures

Cabinet de la psychologue Augustina Lamberto

AUJOURD'HUI, BARNABÉ FRANCHIT LE SEUIL du cabinet pour la dernière fois et chaque geste contient cette émotion singulière, compagne des adieux. Les entretiens chez Augustina Lamberto ont ponctué son quotidien depuis une année, au rythme de deux par mois. Alors, quand elle l'invite à s'asseoir dans ce même fauteuil confortable, il obtempère avec un mélange de tristesse et de joie. Il est heureux d'avoir osé pousser les murs intérieurs qui l'asphyxiaient, mais il regrette de devoir dire au revoir à cette femme chaleureuse.

— Les gens sont-ils toujours tristes de vous quitter ? demande Barnabé.

Augustina éclate de rire.

— J'aimerais beaucoup, mais je n'en suis pas certaine. Vous l'êtes ?

— Bien entendu !

— Mon cher Barnabé, nous habitons dans le microcosme de Black ! Le verbe *quitter* ne devrait même pas exister ici ! déclare-t-elle en lui adressant un clin d'œil.

— Oui, bien sûr, mais c'est l'atmosphère de ces entretiens qui me manquera.

— Et qu'est-ce qui vous plaît particulièrement dans cette atmosphère ? demande-t-elle en s'inclinant vers lui pour susciter la confidence.

— Ici, j'ai l'impression que le temps s'arrête, que tout est bien, que je suis un homme bien. Que malgré tout, je suis un homme bien. C'est un mélange d'apaisement, de douceur, une sensation que le temps m'appartient, au moins pour une heure.

La psychologue se contente de regarder Barnabé en souriant. Comme il n'ajoute rien, elle lui fait un léger signe de tête, l'invitant à poursuivre. Cette année écoulée leur a offert ce langage secret, unique, fait de gestes et d'accords implicites. Quand elle émet ce signe, il comprend que la réponse est en lui, alors il s'installe confortablement pour réfléchir. Il ne lui faut que quelques secondes cette fois-ci.

— Vous me diriez que je dois trouver cela en moi ! s'exclame Barnabé joyeux, tel un enfant qui, devant le tableau noir, énonce la bonne réponse.

— Exact, confirme-t-elle. Vous voyez, vous n'avez plus besoin de moi ! C'est un peu bateau à dire, mais toutes les réponses sont en vous.

— C'est même très bateau, mais c'est aussi pour cela qu'on vous aime, Augustina, la taquine-t-il.

Une dernière fois, ils explorent les blessures qui ont conduit Barnabé jusqu'ici. À la façon d'un bilan, ils en font le compte, constatent leur évolution, formulent leur avenir possible et se réjouissent du chemin parcouru. Barnabé est surpris de découvrir combien ce binôme hasardeux des débuts s'est mué en une fine équipe à la danse fluide et légère. Les phrases se succèdent, les idées surgissent et la route s'éclaircit. Lui qui n'avait connu que l'intimité qui affaiblit et sépare, parvenir à une autre issue lui donne confiance.

Depuis quelque temps, il imagine à nouveau aimer une femme et cette pensée l'émeut. C'est depuis ce lieu qu'il entend sa question. Alors qu'il s'attarde encore dans sa rêverie, la question revient.

— Vous êtes sûr que vous ne voulez pas me confier votre projet secret ? répète-t-elle.

Barnabé sourit. À deux, ils ont dénoué le regret qui l'alourdissait. Il a raconté l'histoire d'amour de son adolescence, la revivant une dernière fois. En sa compagnie, il a osé y plonger, sonder ses peurs profondes, mettre au jour tout ce qui le dominait. Aujourd'hui, il n'a pas le sentiment d'être meilleur, juste d'être libre, en amitié avec lui-même.

— Est-ce vraiment éthique d'insister comme cela ? réplique Barnabé, le sourire aux lèvres.

— Absolument pas, mais je reste un être humain et surtout, je suis une grande curieuse !

— Je ne suis pas convaincu que ce projet vous plairait, même s'il est pour moi la réparation idéale, déclare-t-il.

Cette réparation, il l'a conçue à sa façon. Sa rupture avec Jill était définitive. Jamais il ne pourrait revenir vers elle. Il serait toujours trop tard. Il fallait réparer autrement. Parmi les conséquences qu'un choix engendre, il devait en choisir une et s'y atteler. Mais qu'est-ce que réparer pouvait bien signifier ? Ils avaient prononcé ce mot de nombreuses fois, l'observant sous toutes ses coutures, lui donnant diverses significations pour trouver celle qui consolerait Barnabé. Devait-il réparer pour lui, pour Jill, pour quelqu'un d'autre encore ? Chaque fois qu'il progressait, il découvrait davantage l'immensité de ce territoire inexploré.

— C'est un projet original, mais après réflexion, je suis convaincu que c'est le seul en mesure de m'apaiser.

Augustina acquiesce.

— Je vous le promets, un jour, je vous raconterai tout. Plus tard.

— Je vais essayer d'être patiente, alors.

— Je me posais une question, poursuit Barnabé.

— Oui ?

— Qu'est-ce qui vous a donné envie de devenir psychologue ?

Augustina réfléchit, comme si la réponse n'était pas évidente. D'un geste, elle lisse sa jupe.

— Déjà adolescente, j'étais subjuguée par les autres. Ce sont surtout les enfants qui me captivaient. Chaque enfant représentait pour moi un mystère. À la plage, je passais des heures à jouer avec une petite cousine ou les enfants plus jeunes d'amis de mes parents. Je faisais des pâtés de sable avec eux sans prononcer un mot. J'observais la façon dont ils s'expriment dans un regard, surtout lorsque les mots ne sont pas encore là, à cet âge béni qui précède la parole. Cet âge où l'on ne peut exister que par l'être, un geste de la main, un mouvement du corps ou un sourire. Ce langage limité qui donne toute sa place aux yeux. Ils s'animent, ils racontent et les écouter m'a très vite fascinée.

Augustina se redresse sur son siège et croise les jambes.

— Puis, en accomplissant mes stages au cours de mes études de psychologie, j'ai compris que nous étions tous de grands enfants et que la vérité résidait davantage dans un regard que dans la parole. J'ai alors eu envie d'aider ces adultes à libérer leur enfant intérieur. C'est la raison pour laquelle j'ai orienté ma pratique pour l'élargir aussi aux adultes.

— Élucider des mystères, quel beau métier !

— Oui, c'est une vraie passion !

— À propos de mystère, comment soigne-t-on une phobie ? demande Barnabé.

— Comme tous les autres mystères, en prenant le temps de la rencontrer, répond la psychologue en souriant.

5

Lettre de Jill Vogue à sa fille Théa, datée du 30 juin 2000

Ma Théa chérie,

Lorsque Barnabé s'approche enfin et que, d'une main tremblante, il replace une mèche égarée derrière mon oreille, je désire ce baiser. Quand ses lèvres touchent les miennes, le temps s'arrête et nous ne sommes plus que ces bouches qui s'unissent. Pour l'enfant négligée par les siens, ce baiser est encore plus puissant que tout autre baiser, car il raconte une autre histoire. Il vient me murmurer que l'amour, j'y ai droit.

La chaleur de Barnabé et ses bras qui m'entourent dissipent la noirceur, le manque, la peine. Avec son étreinte, il me donne une force nouvelle, m'incite à me considérer différemment, faisant table rase du passé.

Quand il s'écarte, j'ose le regarder dans les yeux et ce moment marque le début de ma vie. Bien sûr, il y a le jour de ma naissance, mais ce n'est rien en comparaison de ce soir-là où je m'accorde enfin le droit d'exister.

Ses lèvres sur les miennes scellent un accord. Il sera toujours là pour moi.
C'est ce dont je suis persuadée en le quittant à la tombée de la nuit.
Même si cette promesse irréelle ne sera pas tenue, je ne regrette rien.
Car, sans cet amour, je n'aurais pas été irrémédiablement poussée à le susciter à nouveau.
Et c'est cette quête qui m'a menée à toi.

Ta maman qui a les larmes aux yeux en songeant à tout l'amour que peut contenir une existence

6

Le 27 juillet 2010, 13 heures

Arthur Vogue ne quitte pas des yeux son assiette. D'une main distraite, il saisit sa serviette pour s'essuyer la bouche. Théa, elle, se concentre sur son maintien. Même si son père ne lui a jamais rien demandé, elle a l'impression que ce genre de détail est important pour lui. Alors, pour une fois qu'ils mangent à la même table, elle garde les coudes serrés, le dos droit, les mains posées de part et d'autre d'une assiette qu'elle touche à peine. Elle se trouve ridicule à jouer la bonne élève pour gagner quelques points auprès de ce père qui ne voit même pas qu'elle existe, mais c'est plus fort qu'elle. Elle aimerait en parler aux autres, mais qui pourrait comprendre ? Les filles de son âge s'attachent plutôt à agacer leur père, à malmener ce lien pour pouvoir prendre leur envol.

Théa n'a pas cette chance. Elle n'a rien à malmener, car entre eux, il n'y a que le néant.

Son père soupire et la jeune fille se crispe. Avec les années, Théa a assimilé ces indices sur son humeur.

La façon dont son père respire, le rythme auquel il mange, la durée d'un soupir ou celle de leur silence. Elle connaît aussi parfaitement les traits de son visage sous le poids d'une contrariété, même infime. Ce savoir accumulé est son seul pouvoir.

Elle passe en revue leur déjeuner silencieux, à la recherche du faux pas. Rien ne semble pourtant dévier des attentes paternelles. Elle a envie de lever les yeux pour savoir. La tentation est grande, mais si elle le regarde, elle risque encore de découvrir la déception dans ses yeux et cela, elle ne peut plus le supporter.

Il lui faut tenir bon, la fin du repas est proche. Dans quelques minutes, elle aura quitté la table et pourra à nouveau respirer librement.

— Je suppose que tu es prête pour ce soir, lui lance son père sur un ton sec.

— Oui, répond Théa toujours le nez dans son assiette.

Malgré elle, elle relève la tête et n'aime pas beaucoup ce qu'elle voit. Le visage d'Arthur Vogue s'est durci. Elle a beau respecter les attentes réelles ou imaginaires de son père, il continue de ne pas l'aimer. Il n'a jamais levé la main sur elle, il ne crie même pas. Son arme, c'est l'indifférence. Une attitude qui détruit par simple usure. Plus rarement, il siffle quelques mots. Coupants, semblables à de petites lames qui abîment encore plus la confiance de la jeune fille. Autant d'attaques dont Théa ne retient qu'une conclusion : elle ne vaut rien.

— Tu veux qu'on aille ensemble à la soirée ou je m'organise de mon côté ? demande-t-elle.

— Arrange-toi de ton côté, répond son père qui se cache maintenant derrière son journal.

Théa reste un instant immobile devant lui. Elle aurait tant de choses à lui dire.

— Tu as vu Madeleine ? demande-t-il.

— Non, pas depuis un moment…

— Elle doit encore perdre son temps avec des bêtises.

— Peut-être qu'on pourrait aller à la plage un jour ? essaie Théa sur un ton enfantin qu'elle trouve ridicule.

— Tu sais bien que je n'ai pas le temps avec mes responsabilités… C'est compliqué…

Elle s'obstine pourtant.

— On ne fait jamais rien ensemble… Les autres pères…

Arthur Vogue pose son journal sur la table.

— J'essaie de lire et tu m'interromps avec des futilités, marmonne-t-il, agacé. Tu sais pourtant te débrouiller toute seule et si tu as besoin de quelque chose, figure-toi que c'est exactement pour cette raison que Madeleine est à notre service ! Pour que je puisse être tranquille et que tu ailles l'ennuyer elle !

Théa ne répond rien. À quoi bon.

— Si tu crois que te garder sous mon toit est une partie de plaisir !

Son père se replonge dans son journal, inconscient sans doute que mot après mot, il transforme leur monde pour toujours. La jeune fille ravale ses larmes et monte dans sa chambre.

Madeleine est occupée à changer les draps.

— Tout va bien ? demande-t-elle.

— Comme d'habitude.

— Un jour, ça va s'arranger, je te le promets.

— Je ne comprends pas pourquoi il me déteste autant ! Franchement, dans cette maison, j'ose à peine respirer…

— Je sais… murmure Madeleine en baissant la tête.

— A-t-il toujours été comme cela ?

— Du temps de ta mère, son attitude était moins froide, même si je ne pourrais pas la qualifier de chaleureuse. C'était un sujet de conflit entre eux. Elle le houspillait pour qu'il te parle, te câline. On aurait dit qu'il lui manquait le mode d'emploi pour être père et que tant qu'elle était là, elle pouvait lui en fournir un. Mais pour être honnête avec toi, la paternité n'a jamais été un élan naturel chez lui…

Théa se glisse dans les bras de Madeleine et pose sa tête sur son épaule. La gouvernante voudrait lui dire combien elle a manqué de chance, mais ce serait insinuer qu'il aurait dû partir à la place de son épouse et cela, elle seule, peut le penser.

— Je suis tellement désolée, Théa. Le pire, c'est que si un jour il devait te perdre, il serait certainement inconsolable.

7

Lettre de Jill Vogue à sa fille Théa, datée du 2 juillet 2000

MA DOUCE THÉA,

Barnabé est devenu un jeune homme particulièrement séduisant, drôle, généreux et tous ces atouts me laissent avec une question.
Que peut-il bien me trouver ?
Bien entendu, j'ai gagné en confiance, mais elle ne suffit pas à évincer tous mes doutes. Pour cela, il faudrait plus de temps, comme si chaque année passée dans cette enfance troublée devait être compensée par une année avec Barnabé. L'histoire du vilain petit canard est délaissée au profit d'une autre, plus proche des contes de fées, mais à un rythme désespérément lent. Dès que possible, je tente d'éloigner la question en me concentrant sur lui, sur nous, sur ce que la vie me propose et cela me tranquillise un peu.
Tels de jeunes amoureux, nous passons tout notre temps ensemble et avec le recul, j'admire la patience dont Jane fait preuve, tolérant les baisers furtifs, les rendez-vous amoureux

et mes récits enflammés. Barnabé, Barnabé ! Pendant nos années d'idylle joyeuse, je n'ai que ce nom à la bouche. Heureusement, Jane a compris, avant tout le monde, qu'avec ma vie, je dois tenir bon. C'est pour cette même raison qu'elle m'a pratiquement poussée dans les bras de Barnabé. Cette conviction, même si je ne l'ai jamais vérifiée avec l'intéressée, fait d'elle mon amie la plus proche.

À notre trio, s'est greffée une nouvelle recrue, bien nécessaire à notre équilibre. Charlotte la rigolote. Même si ce sobriquet peut sembler moqueur, il est empreint d'affection. Charlotte s'est si naturellement intégrée à notre petit groupe que personne ne pourrait dire quand notre amitié a débuté. Elle est la bonté incarnée. Cette qualité l'a souvent amenée à s'adapter aux autres et à leurs envies, et je suis un peu gênée d'avouer que nous en avons profité. Pas consciemment, bien sûr ! Pourtant, je regrette. J'aurais aimé l'aider à se forger une autorité, un territoire que nul ne pourrait entamer.
Alors peut-être n'aurait-elle pas épousé cet égocentrique de Rodrigue !
Sommes-nous responsables des mauvais mariages de nos proches ? Si j'avais été une meilleure amie pour Charlotte, peut-être se serait-elle unie à un autre homme… Un homme que j'ai beaucoup aimé.
Alors que Barnabé et moi sommes absorbés par notre idylle, Jane, elle, a saisi toute l'importance de la situation et en a fait son nouveau projet. Chaque fois que Charlotte renonce à elle-même, j'entends une injonction devenue familière : « Charlotte, arrête de faire ton paillasson ! » Elles en rient, mais au fond, Charlotte souffre de son incapacité à prendre soin d'elle. Elles sont touchantes toutes les deux à élaborer des stratégies pour qu'enfin Charlotte ose, se défende, exprime son avis, même lorsqu'il est contraire à celui des autres. Pourtant, tout cela est vain. Charlotte la rigolote a une allergie prononcée au conflit et pour l'éviter, elle est prête à tout, y compris à la résignation anticipée.
Lorsque je les observe aujourd'hui, je réalise que c'est une des forces qui a forgé leur amitié. Cette conviction que l'une

possède le désir de s'affirmer qui manque à l'autre et que pour bien fonctionner, elles doivent évoluer à deux, main dans la main. Impuissante à changer son amie, Jane s'est muée en béquille, incapable cependant de contraindre Charlotte aux choix qui l'épanouiraient. En retour, Charlotte a offert la part consensuelle qui fait défaut à Jane, scellant ainsi leur amitié.

Il est fascinant de découvrir combien nos existences s'influencent entre elles. Nous nous frottons les uns aux autres et nos paquets de forces et de failles en ressortent émoussés. Certains s'autorisent le bonheur alors que d'autres, comme Charlotte, ont tendance à se sacrifier. Au fil des années, nos vies se tissent, liées comme les carrés d'un patchwork. Indissociables, nous progressons avec ce que cela peut contenir d'abnégation.
Par exemple, je ne peux ignorer un secret longtemps gardé. Et, alors que ma fin est proche, peut-être devrais-je enfin agir ? C'est vrai, pourquoi garder un bonheur dont je ne pourrai jamais profiter ?
Je dois parler à Charlotte. J'aurais dû le faire il y a longtemps, au cours de l'été de nos dix-huit ans.

Ta maman qui a aussi ses regrets

8

Le 27 juillet 2013, 18 heures

C'EST AVEC UN SENTIMENT SINGULIER que Charlotte traverse ce jour de légende, ce jour d'anniversaire aussi. Il y a un an aujourd'hui, elle lui a fait part de sa décision de divorcer. Sans autre préambule, sans même une phrase d'introduction, à la minute où Rodrigue a franchi le seuil de leur maison, elle a décrété la fin de leur union.

Elle est assise dans un canapé, tout contre Jane, comme si la détermination de son amie pouvait infuser au contact de sa peau. Charlotte ne veut pas diluer sa volonté dans un long discours, elle ne peut pas se permettre de flancher face aux arguments de son mari. Il ne faut en aucun cas renoncer.

Leur relation se solde donc en trois phrases :

Je demande le divorce.

J'ai déjà attendu trop longtemps.

Ce que tu m'as fait est impardonnable.

Elle les prononce en un souffle, pour quitter la pièce aussitôt après. Elle a joué son rôle, le reste du plan est la responsabilité de son amie. Jane gèrerait les arguties. Jane lui intimerait de plier bagages. Jane le convaincrait de l'irrévocabilité de sa décision. Elle agirait encore une fois comme une part de Charlotte, compensant la faille qui fait d'elle une proie facile.

Un plan réaliste, tenant compte des possibilités de chacune.

Lorsque Jane communique fermement à Rodrigue le programme pour les jours suivants, Charlotte est déjà loin sur une plage. Elle est étonnée de ressentir cette liberté nouvelle comme une évidence. Alors que ses pieds s'enfoncent dans le sable fin, elle songe déjà à son avenir. Bien sûr, il va falloir l'annoncer aux enfants et régler les aspects pratiques, mais l'élan qui l'envahit est si puissant que plus rien ne lui semble insurmontable. Elle a l'impression que tout son corps se détend enfin. Étrangement, ses pensées l'emmènent ailleurs, auprès de celui qu'elle a toujours aimé. Elle s'imagine à ses côtés, comme elle l'a fait si souvent.

Sauf que maintenant, elle est enfin libre.

Aujourd'hui, un an plus tard, les deux amies sont à nouveau réunies sur la terrasse de Jane pour célébrer ce 27 juillet.

— À quoi penses-tu ? demande Jane.

— À rien, réplique Charlotte en rougissant.

— Rien ? Rappelle-toi que je suis ta partenaire de divorce ! Cela m'offre un accès privilégié à tes confidences, non ?

— Sans doute, mais je t'assure qu'il n'y a rien et je ne vais quand-même pas te parler de mes chimères, si ?

— Quoi, on devrait cantonner nos discussions à la réalité ? On ne va plus parler beaucoup alors, dit Jane en riant.

— Merci pour tout ce que tu as fait pour moi, murmure Charlotte. Merci.

— C'est normal, mais sache que je ne pourrai pas gérer tes divorces trop souvent alors, s'il te plaît, abstiens-toi des imbéciles ! Ou mieux, laisse-moi vérifier que l'heureux élu est un candidat valable et cette fois, écoute-moi !

— Un chouïa intrusive peut-être ?

— Juste ce qu'il faut pour t'éviter des ennuis, ma chérie !

Jane se penche pour attraper son cocktail.

— Justement… commence Charlotte.

— Ah, je savais bien qu'il y avait quelqu'un ! Qui est ce petit nouveau ?

— Alors… Comment t'expliquer les choses sans que tu bondisses… ?

— C'est un risque à prendre, surtout lorsqu'il est question de tes histoires d'amour, s'amuse Jane.

— Barnabé.

— Barnabé ? répète Jane incrédule. Barnabé, notre Barnabé ?

Charlotte acquiesce et ses joues rougissent à nouveau. Cette année de célibat l'a embellie d'une façon inattendue. Ne plus devoir se réfugier dans la nourriture et s'accorder un peu de douceur font toujours des miracles sur le corps d'une femme. Charlotte a rajeuni aussi, son regard pétillant la rend follement séduisante.

— Mais depuis quand ? Je n'ai rien vu…

— Depuis… toujours.

— Barnabé ? Mais… alors pourquoi as-tu épousé Rodrigue ?

— Enfin, Jane, tu connais la réponse, murmure Charlotte, le visage soudain fermé.

9

Le journal de Théa

LORSQUE, CE 27 JUILLET, JE DESCENDS LES QUELQUES MARCHES qui mènent au jardin, Lancelot est là. Il parcourt la foule des yeux et soudain, je réalise. Il m'attend.

Comme dans un rêve, je marche vers lui. En fait, non, je vole. Une dizaine de mètres nous séparent encore. Des voix familières m'appellent, mais je ne veux pas perdre une seconde en chemin. Immobile, Lancelot me regarde. Il me tend la main. J'ai l'impression de connaître son corps par cœur tant je l'ai contemplé et cette idée me fait sourire. Bientôt, je serai près de lui. Je m'approche encore, je veux toucher sa main, mais troublée, je renonce. Je n'ai jamais ressenti une telle lutte entre ce que je désire et la timidité qui m'étouffe. Heureusement, Lancelot est là. Heureusement, il va m'aider.

Je veux articuler un bonjour, mais l'émotion m'en empêche. Je suis pétrifiée, incapable d'un mot ou d'un geste, dominée par la seule envie de l'embrasser.

Alors, je reste là, impuissante.

Lorsque sa main glisse le long de mon bras, ma peau frémit d'un délicieux frisson. Dans un même mouvement, il s'avance et se place tout contre moi. Nos visages ne sont plus qu'à quelques centimètres l'un de l'autre et dans ses yeux, je devine que cette intimité nouvelle l'amuse. Il connaît l'issue de ce moment et il le prolonge volontairement. Comme je baisse la tête, il murmure mon prénom. Et dans sa bouche, il prend une autre dimension, lumineuse.

Il le répète encore, alors je lève les yeux. Lancelot me sourit, puis se penche vers moi. Il a enfoui sa main dans mes cheveux et m'attire maintenant à lui. Ses lèvres caressent les miennes dans un premier baiser surprenant. Doux, il se prolonge devant tous nos amis. Je devrais être intimidée, mais en cet instant, rien n'est plus puissant que mon désir. Nous ne sommes plus que ces bouches qui s'effleurent, se touchent, s'embrassent comme si elles se connaissaient depuis toujours. Leur union est évidente alors ensemble, elles se fondent dans un baiser langoureux.

Je redoute le moment où il va s'écarter de moi parce que tout rêve prend fin. Mais il prend ma main dans la sienne et le contact de sa peau décuple encore cette sensation de n'être que deux corps qui se lient, enfin. Je n'entends plus ces autres, heureux de faire la fête. Je suis avec lui.

Quand il s'écarte et m'entraîne vers la piste de danse, un sentiment étrange m'envahit, celui qu'à travers mon existence, une part de ma mère vibre encore. Et qu'avec ce premier baiser, nous nous réconcilions peut-être avec l'amour.

10

Lettre de Jill Vogue à sa fille Théa, du 10 juillet 2000

Ma Théa,

Notre destin ne nous appartient pas totalement. C'est la seule réponse que j'ai trouvée pour apaiser ma peine et poursuivre mon chemin. Sans Barnabé. Incapable de le blâmer, je lui ai attribué cette excuse, celle de ne pas maîtriser ses choix. Et face à son silence, cette excuse m'a tenu chaud.
Aujourd'hui, je me replonge souvent dans ces jours heureux et à force de les rejouer, mes souvenirs sont restés intacts, précis dans les moindres détails. J'avoue tricher parfois un peu, coller ensemble deux épisodes qui auraient pu se succéder, seulement pour prolonger ma rêverie. Par contre, je n'ai jamais eu besoin de les embellir, ils contenaient déjà toute la lumière nécessaire.
Par quel jeu de forces une relation si harmonieuse peut-elle se briser ? C'est la question que je me suis longtemps posée. Dès l'instant où Barnabé a posé sa main sur la mienne sur ce banc à l'école, il m'a touchée. Il a pris toute la place.

Évidemment que je ne pouvais que l'aimer plus que tout ! Évidemment que le perdre serait terrible !
Cette crainte est née bien avant ce fameux soir, veille de mes dix-huit ans. La nuit déjà, cette perspective me malmène, une angoisse profonde qui me coupe le souffle. J'essaie de me rassurer, mais j'ai conscience de notre jeune âge et de nos situations inégales. Je n'ai que Barnabé ou presque, alors que lui... Lui semble avoir tout.

Puis, comme si cela ne suffisait pas, je reçois ce coup ultime, qui fait voler en éclats notre relation.
Pendant nos années ensemble, j'ai pris encore plus de distance avec mes parents. Ils n'ont manifesté aucun désaccord, à peine semblent-ils avoir remarqué mon absence.
Ma mère a sombré dans une grave dépression dont les médecins ont renoncé à la sortir. Elle a fait de son lit sa destination, à défaut d'être parvenue, en cet après-midi d'été, à celle de son premier choix. Au début, je prends la peine de la saluer tous les jours, puis cette habitude s'estompe et je ne passe plus la voir qu'occasionnellement, gênée de lui consacrer si peu de temps.
Mon père a plongé dans un mutisme dont il ne sort que pour formuler une remarque désagréable ou une plainte. Abattu, il ne nous regarde plus dans les yeux. Mes sœurs et mes frères disent qu'il est fatigué. Moi, je suis convaincue que c'est la honte qui l'empêche de relever la tête.
Peu importe, les années se sont écoulées, détricotant ces liens qui nous ont jadis unis. Ce père, cette mère, nous ont donné le bain quand même ! Ils se sont levés la nuit pour nous nourrir ! Et bien avant cela, ils se sont un jour rapprochés dans ce grand lit froid pour nous concevoir ! Où s'est donc envolé cet amour ? Comment sommes-nous devenus des étrangers tout en vivant sous le même toit ?
À cet instant, je ne mesure pourtant pas encore combien je ne suis plus rien pour eux. Ce n'est pas faute d'avoir d'abord suivi docilement la voie que mes parents traçaient pour moi, puis d'avoir cherché ailleurs ce qu'ils étaient incapables de me donner.

Malgré cette évidence, malgré leur négligence, mon père éprouve une rancune à mon égard. Légère au départ, elle n'a cessé de croître.
Cette deuxième injustice viendra me porter, avec la première, un coup qui ne me laissera pas indemne.

La veille de mes dix-huit ans, mon père m'invite au restaurant. Même si c'est une première pour moi, je fais comme si son invitation était naturelle et je l'accepte.
En réalité, le restaurant n'est qu'un prétexte pour m'éloigner de la maison et du soutien de ma fratrie. Il parle peu et à peine les entrées servies, il s'attaque au motif réel de notre rencontre. Je croyais naïvement que nous étions là pour fêter mon anniversaire mais je me trompe une fois de plus. Sans préambule, il m'annonce qu'il ne peut plus m'assumer. Il mentionne les frais médicaux de ma mère, la pénibilité de son travail et d'autres éléments, plus pour combler un silence gênant que pour se justifier. Sa décision est irrévocable. J'avoue que je ne me souviens pas de la suite de notre dîner. Ses phrases dansent devant mes yeux. Je perds pied.
Mon père me demande de quitter notre maison.

Ta maman que ton amour a réparée

PARTIE V

Le 27 juillet 2014
Jour de l'envol

« La nouvelle génération est épouvantable.
J'aimerais tellement en faire partie. »
Oscar Wilde

Légende de Black

Avant, il n'y avait rien.
Aujourd'hui, il y a tout. Nous avons tout.
Et ce tout contient une liberté infinie.
De rester ici ou de partir.
De naître, de grandir, de mourir.
De marcher longtemps, de s'arrêter, de pleurer, de crier, de rire aussi.
Si avec le temps, votre être s'est figé, le 27 juillet vous offre une opportunité.
Celle de naître à nouveau.

1

Lettre de Jill Vogue à sa fille Théa, datée du 18 juillet 2000

MA JOYEUSE THÉA,

Lorsque je me réveille le matin de mes dix-huit ans, je n'ai aucune idée du lieu où je m'endormirai le soir. La décision de mon père me prive d'un toit mais aussi, bientôt, du plus important. Barnabé.

Je suis convaincue que ma situation creuse davantage l'inégalité entre nous. Il devient encore plus indispensable et en retour, j'ai moins à lui offrir. Avec le recul, je comprends combien cette façon de concevoir notre couple est limitée. L'angoisse me confine à une vision du monde rigide, centrée sur l'appartenance ou non à une famille, alors qu'il y a tant d'autres critères pour évaluer notre équilibre. J'ai honte, alors que je pourrais être fière de la jeune femme que je suis devenue, traversant les épreuves, me redressant malgré tout, concentrée sur l'amour que je peux trouver plutôt que sur celui dont je suis privée.

Je sais désormais qu'être fière de soi est l'attribut essentiel d'une vie épanouie. À vies égales, l'un peut être déçu de son parcours et l'autre s'en réjouir ! Alors pourquoi n'ai-je donc pas choisi d'être fière ? Je crois que je suis impressionnée par Barnabé et sa famille, cet ensemble soudé et joyeux. Avec eux, je ne peux qu'être décalée, une fausse note dont la seule issue est l'exclusion, aujourd'hui ou plus tard. Je ne peux appartenir à ce monde-là. Je ne suis pas à la hauteur.
Bien sûr, la famille de Barnabé m'a accueillie avec une gentillesse infinie, mais cela n'a pas apaisé ce sentiment qui prend bientôt toute la place. Je suis de trop. Notre proximité forcée éloigne aussi Barnabé. Imagine-toi ! Nous avons à peine dix-huit ans et nous vivons déjà sous le même toit !
C'est drôle comme je le défends... Il m'est impossible de ne pas l'aimer coûte que coûte, malgré le temps, malgré ses choix. Barnabé, mon éternel amoureux.
Au fil des jours, il se replie sur lui-même, se plongeant à nouveau dans un silence auquel je n'ai, cette fois-ci, pas accès. Je découvre ce paradoxe glaçant : notre histoire, aussi riche soit-elle, ne nous sauvera pas. Nous avons beau avoir partagé ces milliers d'heures, la peur va gagner.
La peur de Barnabé va lentement s'insinuer dans les failles de notre relation et de silence en silence, il va me quitter. Je reste là parce que j'ignore où aller. Je reste et j'observe cette rupture qui se produit au ralenti. Un à un, ses élans amoureux, un geste ou un mot pour moi, disparaissent et en quelques semaines, il n'y en a plus aucun. On a tous nos limites et Barnabé a atteint les siennes. Quelque chose chez lui s'est éteint et il n'a plus pu ou n'a plus su comment m'aimer. Une fragilité, un manque de confiance, un besoin de liberté ou tout cela à la fois.
Je ne lui reproche pas notre rupture.
Ce qui me révolte, c'est qu'il n'ait pas trouvé le courage de me l'annoncer lui-même.

Quelques mois plus tard, Arthur me demande en mariage et le cœur encore brisé, j'accepte cette offre d'un toit, enfin

définitif. C'est dans cet état d'esprit que je dis oui à ton père, telle une somnambule que le manque d'amour a anesthésiée. En m'avançant vers l'autel, parée d'une robe somptueuse, protégée par un voile fin, j'aperçois le visage de Barnabé. Il est assis parmi des gens que je ne connais pas.
Au milieu de ces têtes levées vers moi, son regard m'émeut. J'y lis tout son amour, intact. J'y vois aussi tous ces chemins que nous pourrions emprunter lui et moi, bien loin de cette prochaine union qui ne m'inspire rien.
Un instant, j'hésite et ralentis le pas. Il y a un espoir. Tout n'est pas perdu. Barnabé est là, toujours là.

Sans cette lassitude infinie et tous ces coups du destin, peut-être aurais-je couru vers lui. Mais mon être saturé d'incertitudes ne peut plus avancer que vers une seule promesse. Celle d'un engagement pour l'éternité.

Ta maman qui te demande pardon de l'avoir choisi lui

2

Le 27 juillet 2014, 9 heures

— D'APRÈS MES CALCULS, tout est en ordre, déclare Lloyd, le crayon encore à la main.

— D'après les miens également, les chiffres des experts sont donc confirmés, renchérit Barnabé.

Théa boit une gorgée de thé avant de déposer sa tasse sur la table. D'une main, elle replace une mèche derrière son oreille. Sa grâce naturelle évoque les gestes d'une autre et Barnabé ne peut s'empêcher de l'apercevoir furtivement.

— Tu ressembles tellement à ta mère au même âge, lui avoue-t-il. C'est troublant.

Théa se contente de sourire, le regard plongé dans l'eau scintillante. Lancelot vient de les rejoindre pour le petit déjeuner.

— Vous avez terminé ? demande-t-il en s'asseyant à côté de Théa.

— Oui, tout est prêt !

— Les feux d'artifice aussi ?

Les autres acquiescent. Lancelot se penche vers Théa et l'embrasse sur la joue.

— Quelle joie de te voir ici de grand matin, lui glisse-t-il avec un sourire taquin.

— Toujours un plaisir également, cher ami ! réplique-t-elle les joues légèrement rosies.

Théa a beau tenter de dissimuler son trouble sous un trait d'humour, il se manifeste malgré elle. Un jeu qui a le don d'attendrir Lancelot.

— Alors, je vais encore être ébloui par ta beauté ce soir ? s'enquiert-il en chantonnant.

Pour ne pas l'embarrasser, il a pris l'habitude de distiller ses compliments de façon amusante. C'est leur manière de communiquer en présence des autres. Lorsqu'ils ne sont que tous les deux, ils sont plus audacieux. Il peut alors lui dire combien elle est belle et, sans témoin, elle s'autorise à rougir librement.

— Merci pour tout. Je dois y aller, déclare Théa en se levant. J'ai besoin de me défouler un peu avant le grand soir.

Elle attrape son sac et s'éloigne. Avant de franchir le seuil, elle se retourne pour les regarder une dernière fois.

3

Le 27 juillet 2014, 10 heures

THÉA LUTTE POUR ATTEINDRE ce second souffle, salutaire. Encore quelques foulées, un nombre chaque fois différent, avant la délivrance qui emporte la joggeuse dans une autre dimension, celle de l'aisance du mouvement, de la pensée fluide, de la rêverie agréable produite par l'afflux d'endorphines.

L'air chargé d'embruns a cette densité particulière, qui lui donne l'impression de percer une couche fine et humide, douce consolation pour son corps en plein effort. Théa se concentre sur le bruit des vagues pour persévérer. Son short court met en valeur ses jambes fuselées, alimentant encore la légende selon laquelle elle aurait les plus belles jambes de Black. Elle accélère le rythme comme si cela pouvait la porter plus vite vers la libération.

Alors qu'elle effleure déjà les sensations recherchées, une ombre se rapproche de la sienne, deux formes sur le sable, allongées par un soleil encore bas. Elle tourne la tête sans ralentir sa cadence et aperçoit Amélia qui, en grande sportive, s'apprête à la dépasser.

— Attends-moi !

— C'est une blague ? Tu cours plus vite que nous tous, réplique Théa.

— Alors, prête pour le grand soir ?

— Comme pour un 27 juillet.

La mer se retire progressivement et le sable offre une surface plus mobile. Leurs sneakers s'enfoncent légèrement et les joggeuses doivent fournir un effort supplémentaire pour conserver équilibre et vitesse.

— C'est ton père qui te conduira ce soir ? demande Amélia.

— Non, il n'a pas le temps de passer par la maison. Madeleine me déposera, répond Théa le visage soudain fermé.

Amélia observe le profil de son amie et reconnaît cette déglutition difficile propre à l'émotion. Elle voudrait pouvoir l'aider, alors elle tente de faire diversion.

— C'est une impression où tu es particulièrement lente aujourd'hui ? lance Amélia pour la taquiner. L'amour te ramollit ?

Théa sourit. D'un geste automatique, elle resserre l'élastique qui retient ses longs cheveux et accélère sa course pour distancer son amie.

4

Le journal de Théa

Comment pouvons-nous être unique quand tout contribue à nous construire pareil ? Il m'en a fallu du courage pour faire ce choix. J'avais plutôt l'habitude de me fondre dans la masse, par paresse ou par habitude.

Pourront-ils comprendre ? Je les imagine déjà retracer mon parcours, évaluer mes possibilités, décider pour moi. Toutes ces tentatives sont stériles. La seule façon de savoir serait de prendre ma place, d'endosser mes blessures, de porter longtemps mon fardeau. Alors là, on pourrait me juger.

Ce matin, j'ai besoin d'elle alors je relis les lettres de ma mère.

Installée sur la terrasse, à quelques mètres de mon père, je l'observe parcourir la presse internationale, comme chaque jour. Cette régularité (pour ne pas dire cette obsession) m'a toujours intriguée. Comment peut-on être à ce point captivé par des événements extérieurs et si peu s'attacher à ce qui se passe en son propre foyer ? Lire les journaux implique pourtant un intérêt pour les autres, non ? Est-ce parce que les faits sont plus impressionnants ? Franchement, le spectacle d'un être humain qui tente de grandir comporte aussi son lot d'émotions !

Avec le temps, j'en ai conclu que mon existence manquait de rebondissements, dénuée de ces mauvaises surprises qui ponctuent l'actualité. Alors, incapable de rivaliser, je me concentre sur mon plan. Ma seule chance de bousculer cet ordre établi.

C'est un sentiment étrange que de s'éloigner du cours naturel de sa vie pour lui donner une impulsion inattendue.

Dans quelques heures, je serai avec Lancelot pour une dernière danse. Tout contre lui, je pourrai encore m'imaginer que je suis comme ces autres filles, aux commandes d'une vie facile. Une dernière fois, il me fera rire. Une dernière fois, il caressera ma joue en me racontant notre premier baiser ou tous ces moments, avant, où il m'a regardée. Une dernière fois, mon corps suivra le sien dans une confiance totale, au rythme d'une chanson aussi savoureuse que nos peaux qui se touchent.

Une dernière fois, nous danserons. Avant le grand saut.

5

Lettre de Jill Vogue à sa fille Théa, datée du 22 juillet 2000

Ma jolie Théa, ma petite merveille,

Ce long récit me mène enfin au jour le plus important de ma vie, celui qui lui donne tout son sens.
Lorsque les premières lueurs du soleil ponctuent l'horizon de touches roses, je suis assise sur notre terrasse, enveloppée d'un châle, la main posée sur un ventre énorme. Depuis quelques jours, mon sommeil est capricieux, le sort réservé à toutes les mères, veiller lorsque tout le monde dort, veiller pour percevoir les premiers signes tant attendus.
Je voudrais te parler un peu de ton père. Arthur est un homme spécial, même si « spécial » n'est sans doute pas le bon adjectif. Ton père m'a recueillie et je lui en serai toujours reconnaissante. Alors, même s'il peut sembler insensible et taiseux, j'ai la conviction qu'il a aussi en lui une certaine bonté. Je te l'accorde, il faut creuser. Le secouer même, surtout s'il est blessé. C'est un homme qui peine à

s'ouvrir aux autres. Je ne lui cherche pas d'excuses, j'essaie seulement de te décrire ton père tel que je le vois.
J'ai appris à côtoyer l'homme distant qu'est mon mari, à chercher ailleurs ce qui me manquait chez lui. Il est évident qu'en tant que père, il devrait pouvoir te prodiguer chaleur, affection et écoute, mais tout le monde n'en est pas capable. Avec l'enfance que j'ai eue, j'ai pris très tôt l'habitude de suspecter de grandes blessures derrière tout dysfonctionnement. Tu m'objecteras qu'il est facile de se retrancher derrière sa souffrance, que dans mon cas, elle ne m'a pas brisée ni fermée aux autres. C'est vrai, mais j'ai aussi mes failles. Certains êtres traversent les épreuves en restant tendres, se laissant heurter plus violemment, quand d'autres se figent pour éluder la peine. Comme je te le racontais au début de mon histoire, nous ne naissons pas tous égaux.

Revenons à ce matin du plus beau jour de ma vie. Je me concentre sur toi et doucement, je caresse ce que j'imagine être ta tête, un pied, un genou. Le bas de mon dos est sensible depuis quelques heures et mon ventre se durcit maintenant à intervalles réguliers. Ce n'est pas douloureux, alors je profite seule avec toi de cet accouchement qui se prépare, de cette naissance toute proche. Face à cette mer scintillante, j'imagine notre rencontre. J'ai l'impression d'être prête à tout et aujourd'hui, cette confiance me fait sourire.

Cet instant où l'on te pose sur moi est le plus émouvant de mon existence. Je caresse ta peau tiède et tes cheveux soyeux. Ta bouche s'anime et tente d'attraper ton poing. Avec une force insoupçonnée, nous glissons dans une vie qui, même si elle sera différente de celle des autres, nous appartient. Je me redresse dans le lit blanc, place un coussin sous mon coude et t'approche de mon sein pour te nourrir. Soudain tes yeux s'ouvrent et se lèvent vers moi. Ton regard me donne le sentiment que tout sera simple entre nous. Impossible qu'on nous enlève plus ! Tes lèvres s'ouvrent, ton nez frotte ma peau en quête de ce lait sucré et ta bouche en cœur se colle enfin à mon sein.

Ton père reste discret, assis sur un tabouret près de la porte, un port d'attache qu'il n'a pas osé quitter de tout l'accouchement. Il nous observe, attendant peut-être que je l'invite à te rencontrer. De loin, il m'adresse un sourire faible, fatigué. Il me fait signe qu'il va sortir un moment. Je comprends alors que c'est tout ce dont je rêve. Du temps seule avec toi.

Ta maman

6

Le 27 juillet 2014, 22 heures 40

LES SILHOUETTES ÉLÉGANTES se dispersent dans le jardin, solitaires ou en grappes joyeuses. Un couple se lance dans une valse imaginaire, il la bascule en arrière, elle déploie une jambe, ils s'abandonnent à la folie exquise d'une nuit d'été. Autour d'eux, quelques spectateurs ont formé un cercle et hésitent à les rejoindre dans ce bal improvisé.

Barnabé s'est arrêté sur la première marche du perron pour contempler le spectacle de ses convives réunis. Il aperçoit Théa, témoin silencieux d'une conversation entre son père et les amis de celui-ci. Elle triture la lanière de sa pochette, fait mine de participer en émettant de vagues approbations. À cette vue, Barnabé serre les poings pour contenir sa nervosité. Il sait la rupture qui s'annonce, il pourrait raconter le déroulement des prochaines minutes. Il aurait tant voulu pouvoir mieux la préserver.

Il passe une main dans ses cheveux et soupire. Il est trop tard pour les regrets, Lancelot a rejoint Théa. Son fils prononce quelques mots et la jeune fille se raidit. Il tente de poser une main sur son épaule, mais elle recule. Arthur Vogue ne semble pas affecté par la scène. Théa hésite un instant, puis s'écarte du groupe. D'un pas rapide, le visage fermé, elle rejoint la maison. Sur son passage, elle frôle le bras de Barnabé sans même lui adresser un regard. Il reste debout, figé dans son rôle, simple spectateur des joies et des déconvenues de ses hôtes.

Charlotte n'est plus qu'à quelques mètres de lui. Elle guette le bon moment pour le rejoindre sur le perron. Elle scrute ce dos qui ne lui apporte pas beaucoup d'informations. Elle regrette ce temps où tout était facile, où elle aurait pu s'approcher de lui, passer son bras sous le sien, lui raconter n'importe quelle bêtise sans craindre qu'il ne découvre son secret. Aujourd'hui, elle est paralysée à deux pas de l'homme qu'elle aime, incapable d'oser. Oser, un mot qui suscite tant de bonheur une fois qu'on l'a fait nôtre.

Barnabé a glissé les mains dans ses poches et Charlotte lui envie sa décontraction. Elle voudrait qu'une histoire d'amour commence plus aisément, qu'il ne faille pas le mot juste, l'attitude adéquate. Qu'elle débute en dehors de sa volonté, presque malgré elle, car elle n'a ni le courage ni la confiance de faire le premier pas.

Face à l'homme qu'elle aime, elle se sent désespérément petite. Elle devrait être envahie par la joie d'être si proche de lui, mais ce sont les craintes qui l'assaillent. Son rythme cardiaque s'accélère et elle a l'impression que ses jambes peinent à la porter. Elle est maintenant presque à sa hauteur. Elle aimerait être comme Jane ou ces autres femmes à la démarche assurée, ces femmes qui savent instinctivement comment se comporter en présence d'un homme. Son esprit se brouille et ses gestes lui semblent soudain maladroits, produits d'un corps trop lourd.

— Barnabé ?

Malgré elle, elle a prononcé son prénom. Son plan encore à l'ébauche, elle doit maintenant improviser. Elle cherche autour d'elle un prétexte, un début de phrase, puis se rappelle qu'elle fait face à un ami avec qui, elle a entamé des centaines de conversations. Alors sa respiration se calme et elle murmure :

— Ta fête est merveilleuse. Comment vas-tu ?

— Bien, mais toi ? Tu es toute pâle… s'inquiète Barnabé. Tu veux t'asseoir ?

Il passe son bras autour de ses épaules et sans attendre de réponse, l'entraîne vers un banc dans le jardin. Il l'invite à s'asseoir, mais elle préfère rester debout. Loin de la foule, le silence reprend ses droits. Elle voudrait dire quelque chose, n'importe quoi pour éviter qu'un malaise s'installe. Il lui faudrait trouver une phrase appropriée, mais elle n'a plus la force. Elle a utilisé toute son audace pour ces quelques pas vers lui.

— Dis-moi ce qu'il se passe ? Tu me fais peur ! Tu as l'air complètement bouleversée… Il est arrivé quelque chose ?

Charlotte se contente de le regarder, confinée au mutisme de ceux qui aiment secrètement. Il esquisse un sourire pour l'encourager à se confier.

— Charlotte, je suis ton ami, tu peux tout me dire… murmure Barnabé d'un ton suppliant. Si quelque chose t'est arrivé, je veux le savoir. Je veux pouvoir t'aider.

Les premiers feux d'artifice jaillissent dans le ciel étoilé.

— Je…

Charlotte hésite, ferme les yeux, puis lâche dans un souffle :

— Je suis amoureuse de toi. Depuis toujours.

Lorsqu'elle ouvre à nouveau les yeux, les invités ont commencé à courir en direction de la mer. Un mouvement de foule qui accompagne la course d'une seule. Alors, sans attendre la réaction de Barnabé, sans même un regard pour lui, elle se met à courir, elle aussi.

Au milieu de cette agitation, Arthur Vogue pâlit. Il peine à comprendre. Pourquoi courent-ils tous ? Est-ce bien sa fille qui se dirige vers le bord de la falaise ? Il a beau essayer, Arthur ne parvient plus à mobiliser son cerveau. La perspective qui se dessine devant lui le paralyse, brouille sa logique, anéantit toute initiative. Il est celui qui devrait courir plus vite que tous les autres, mais il reste immobile. Il regarde sa fille s'élancer vers le vide. Une voix faible prononce son prénom. *Théa.* Il se demande si cette voix est la sienne. Dans une tentative désespérée, il lève un bras vers elle. Il se sent soudain si lourd, si fatigué. Alors que la silhouette de la jeune femme s'envole dans la nuit, ses dernières forces le délaissent et il s'écroule.

Barnabé demeure en retrait, un sourire sur les lèvres. Il se souvient de ce premier baiser, de la chaleur de Jill, de son rire, de ses lèvres qui se pressent contre les siennes, librement. Il se souvient d'elle et peut enfin lui dire adieu.

À sa façon, ce soir, il a réparé.

Au milieu des cris d'épouvante, Théa saute et son corps plonge dans la nuit. Les plus audacieux, ceux qui, trop tard, se pencheront au-dessus du vide pour guetter un mouvement, ne distingueront que l'écume, les vagues et l'eau opaque qui s'est refermée sur elle.

Le saut de Théa s'est propagé en une secousse qui ne laissera personne indemne. Certains lèvent une main pour couvrir un cri d'effroi, d'autres se cachent les yeux pour s'extraire d'une vision qui ne les quittera plus jamais.

Déjà, ils s'interrogent sur ce geste désespéré. Pourquoi réduire à néant ce corps magnifique, ces rêves, tous ces possibles qui n'en seront jamais ?

Mais le saut reste là, telle une réalité avec laquelle il faudra désormais vivre.

Soudain, au milieu de ce chaos, quelques téléphones annoncent la réception d'un nouvel email.

7

Le 27 juillet 2014, 23 h 45
Courriel de Théa à ses amis

MES CHERS AMIS,

Quand vous lirez ceci, vous penserez sans doute que je suis abominable. Que c'est impardonnable d'avoir sauté comme ça. Un 27 juillet en plus. Que la légende de Black parle de la liberté de mourir, mais qu'il ne faut pas prendre les mots au pied de la lettre. Comme nous l'avons appris à l'école, le mot « mourir » a un sens particulier, ici. Il évoque la mort à quelque chose qui ne nous convient plus, la mort d'une partie de nous qui nous retarde.

Une mort pour mieux vivre.

Si j'étais face à vous, vous me diriez aussi beaucoup d'autres choses, gentilles ou moins gentilles. Peut-être même que vous me donneriez des conseils. C'est vrai, après tout, vous avez réussi à vous faire aimer, vous ! Sous le coup de la colère, vous insisteriez et pour être honnête, je serais d'accord avec vous. En partie, au moins.

Non, on ne fait pas cela. Non, on ne saute pas.

Sauf qu'ici, moi, je n'avais pas le choix.

Chacun à votre façon, vous avez tenté de pallier le manque terrible de ma mère, au moment de sa perte puis patiemment, année après année, et vos efforts n'ont pas été vains. J'ai grandi heureuse. Mais cela n'a pas suffi.

Souvent, je me demande comment j'en suis arrivée là. À ne pas pouvoir accomplir ce que des milliers d'enfants réussissent tous les jours. Gagner l'amour d'un père. J'ai donné l'impression de gérer et en réalité, tout m'échappe. Tout m'échappe parce que mon père ne me regarde pas. Si je remonte le fil de mes souvenirs pour déterminer le moment où il a cessé de m'aimer, je vois toujours la même chose. Un père qui tourne la tête, qui croise les bras, un père qui fait tout pour que je reste loin de lui.

Seulement, voilà, ce père-là est le seul que j'ai.

Mon plan diabolique n'est pas tombé du ciel, il m'est venu lentement, avec ces années à m'interroger. Après avoir tout essayé, je me suis demandé ce qu'il se passerait si je mourais. Cela changerait-il quelque chose pour lui ? Serait-il soulagé ? Ou au contraire, serait-il possible que je lui manque ?

Un père qui ne ressent rien pour sa fille peut-il soudain commencer à l'aimer ?

Mon idée est née là, avec toutes ces questions sans réponse. Autant d'incertitudes qui ont laissé la porte ouverte à mon geste.

J'ai alors élaboré ce projet fou. Sauter pour simuler ma mort et mourir pour lui pendant sept jours. Sept jours pour le bousculer et espérer enfin compter.

L'urgence était là, car que se passerait-il le jour où je quitterais la maison ? Sans ce toit pour nous forcer à nous côtoyer. Sans ces « passe-moi le beurre » ou ces trop nombreux « Théa, laisse-moi tranquille ! » pour nous obliger à communiquer.

Après tout, je n'ai pas grand-chose à perdre. Qu'y a-t-il de pire qu'un père qui vous ignore ? Un père qui vous en veut ? Pas sûr. Car il faut un début d'amour pour cela. C'est pour ce début d'amour que j'ai sauté ce soir.

Je crois que ma mère aurait compris cette tentative folle de se faire aimer.

En quittant la terre ferme, c'est à elle que j'ai songé.

Théa

8

Lettre de Jill Vogue à sa fille Théa, datée du 27 juillet 2000

MA BELLE THÉA,

Je ne crois pas que l'affection de Barnabé pour ce 27 juillet provienne de cette fameuse légende. Je ne pense pas non plus que c'est ce qu'il célèbre ce soir-là. Peut-être que je m'invente des histoires, mais je me plais à rêver que c'est notre premier baiser qu'il fête inlassablement. Qu'il n'a jamais pu m'oublier, qu'il regrette sa décision et que tout ce faste, ces silhouettes dansantes sous le soleil déclinant, ne sont là que pour évoquer cet élan amoureux trop longtemps contenu. Les lèvres de Barnabé sur les miennes. Ma main qui glisse sur son visage de jeune homme. Cette intensité qui explose en un baiser.

Aux yeux des autres, j'ai sans doute l'air d'une femme qui a renoncé. Je peux presque les entendre murmurer, déçus : comment peut-elle accepter cela ? Pourquoi se trimballer un

mari si froid ? Si les gens parlent en mon absence, c'est qu'il doit y avoir une forme de vérité.
Pourtant, je ne me souviens pas du jour où j'ai abandonné. Sans doute parce que ces mois entourant ma rupture avec Barnabé ont pris la forme d'une masse sombre, d'images floues, d'une souffrance qui domine tout.
Personne ne me croirait si je disais que je n'ai jamais renoncé. J'ai voulu me battre, mais j'ignorais comment. Avec le recul, la liberté croît et on pense toujours qu'on aurait pu mieux faire. Évoluant dans un monde de paillettes, au bras d'un fiancé étrange, je n'ai su que me taire et attendre que la douleur s'estompe.

Nous sortons depuis quelques semaines ensemble et Arthur fait beaucoup d'efforts. Il multiplie les formules de politesse, sourit plus qu'il ne le faut. Pourtant, personne n'est dupe. Son sourire n'engage pas la moitié supérieure de son visage et les muscles de sa mâchoire sont tant sollicités que l'effet est curieux. Même un spectateur peu attentif aurait cette impression bizarre que quelque chose ne tourne pas rond. C'est toujours le cas lorsque le sourire est factice. Arthur a beau essayer d'être comme les autres, lors des dîners et de toutes ces représentations auxquelles la vie en société le contraint, le résultat est mitigé. Il adopte l'attitude d'une personne ordinaire, mais chez lui tout sonne faux.
J'ai souvent tenté de comprendre pour en revenir à la même conclusion : mon mari est un grand incapable en matière de relations humaines !
Je crois que c'est justement pour cela qu'il m'a choisie. Il a vu en moi celle qui pourrait tolérer cette inaptitude. Mieux, en alternant mes nuits chez des parents inhibés et mes journées parmi les vivants, j'étais la candidate idéale pour jeter un pont entre les rives de ces mondes opposés. Je représentais son opportunité de s'intégrer dans un univers dont les codes demeuraient, pour lui, mystérieux. Celle qui saurait s'adapter à lui et à eux parce que, toute sa vie, elle n'avait fait que cela.

Alors, il m'a demandé ma main, premier pas vers cette union atypique de deux volontés, celle d'un toit et celle d'un pont.

Ta maman

PARTIE VI

28 juillet 2014 – 4 août 2014
Sept jours sans Théa

« *Qui cherche à savoir ce qu'a été notre enfance,*
cherche à savoir quelque chose de notre âme. »
Alice Miller

1

Le 28 juillet 2014, 8 heures

Cabinet de la psychologue Augustina Lamberto

— PRENEZ TOUT LE TEMPS NÉCESSAIRE, propose Augustina.

— Je n'ai pas besoin de temps. Je n'ai même pas besoin d'un psychologue ! s'exaspère Arthur.

— C'est la procédure dans ce genre de situation. Le soutien psychologique est important. Vous venez de vivre un drame, monsieur Vogue.

— Ce n'est pas moi qui ait besoin d'une psychologue ! C'est celle qui vient de sauter dans le vide, non ? marmonne-t-il.

Augustina et Arthur se font face. Les entretiens les plus compliqués sont ceux que la vie impose aux patients. Ils mettent en présence une personne qui ne veut pas forcément se faire aider et celle dont c'est le métier. Prisonniers d'un contexte précipité par le drame, ils sont contraints de se parler alors que la veille encore, rien ne les prédestinait à se rencontrer.

— Votre fille a besoin d'un psychologue, monsieur Vogue ?

— Elle en *avait* besoin. Vous semblez oublier qu'elle a sauté ?

La psychologue reste silencieuse. L'utilisation de l'imparfait alors qu'aucun corps n'a été retrouvé est prématurée. Elle est de nature à heurter la famille de la victime. Sauf dans ce cas précis, apparemment.

— Quelle question ! C'est quand même évident que ma fille n'allait pas bien ! Sinon pourquoi aurait-elle sauté ? poursuit Arthur.

Il a posé les mains sur les accoudoirs et les serre avec une telle rage que les jointures de ses doigts blanchissent sous la pression.

C'est un homme en procès, songe Augustina. Sa fille vient de sauter et pour lui, le procès a déjà débuté. Le procès des parents est inéluctable lorsqu'un enfant dévie de sa route. Ils ne sont pas assignés par la société, non, ils s'accusent eux-mêmes. Existe-t-il une mère qui ne s'est jamais sentie coupable ? Elles sont rares. Il ne faut souvent pas grand-chose pour déclencher ce processus et l'inévitable question qui en découle.

Qu'aurais-je pu faire différemment ?

Ici, le procès en est encore aux prémices et l'action semble plutôt dirigée contre Théa, mais Augustina le sait bien ; aucun procès n'est plus surprenant que celui qui prend racine dans la souffrance d'un enfant. Celle-ci exige des explications, des responsabilités, elle réclame une histoire qu'il faudra patiemment reconstituer. Rien n'est plus important que d'essayer de comprendre lorsque l'on fait face à un acte désespéré.

— Pouvez-vous m'en dire plus sur le mal-être de votre fille ? demande Augustina prudemment.

— Ce n'est pas clair pour vous ? Enfin, vous êtes psychologue, non ? Vous ne savez pas qu'un être humain ne saute pas d'une falaise un soir de fête ?

Un rictus nerveux s'est formé sur le visage d'Arthur. L'homme se penche en avant, prêt à en découdre avec la psychologue. Sa frustration a besoin d'un exutoire et cette femme qui ne saisit rien de son drame est la candidate idéale.

— Avant le saut, comment se manifestait ce mal-être dont vous faites état ?

— Oh vous m'en posez des questions ! réplique Arthur en levant les bras en signe d'impuissance.

Il s'enfonce dans son siège, soudain plus calme. Augustina respire aussitôt plus sereinement. Il n'est pas simple d'inciter un homme blessé à parler. La première étape est de le ramener à la réalité. La sienne, puis celle de notre monde. Il faut maintenir le lien, aussi ténu soit-il, et la colère de son patient rend cette mission périlleuse.

Telle une équilibriste, la psychologue doit maîtriser ce dosage subtil entre accueil et questionnement.

— C'était une adolescente bizarre, explique Arthur en fixant ses mains comme un garçon timide. Une enfant bizarre aussi. Le genre à ne pas savoir se débrouiller toute seule. Toujours en quête d'attention. Vous voyez ?

— J'imagine que cette situation est très douloureuse pour vous, mais pouvez-vous m'en dire plus ?

Augustina ne relève pas qu'il s'obstine à utiliser l'imparfait alors que les recherches sont toujours en cours. Il semble avoir déjà renoncé. Il préfère condamner sa fille plutôt que de conserver l'espoir.

— Je sais ce que vous pensez. Vous croyez que je tire un trait sur ma fille trop rapidement, qu'il y a une chance qu'elle soit retrouvée saine et sauve, mais vous vous trompez. C'est impossible.

— Pourquoi ?

— Parce que Théa ne savait pas nager. Depuis le décès de sa mère, elle souffrait d'une phobie de l'eau.

L'espace d'une seconde, elle croit apercevoir une tristesse dans son regard, voile léger qu'il efface rapidement. Et la colère revient. Inlassablement.

— Vous parliez de son enfance ?

— Sa mère est morte lorsqu'elle avait six ans. Elles étaient très liées. Seule mon épouse pouvait faire face aux besoins excessifs de ma fille.

— Excessifs ? répète Augustina en tentant de dissimuler sa surprise.

— Mais, oui, vous savez ! Avoir besoin de parler de tout, tout le temps, ces effusions d'affection, ces demandes constantes qu'avec mes responsabilités, je ne pouvais évidemment pas gérer !

La psychologue acquiesce en silence, l'encourageant à poursuivre.

— Cet enfant voulait l'impossible !

— C'était difficile pour vous de faire face aux besoins de Théa ?

— Mais personne n'aurait pu ! Quel enfant peut exiger le ciel de ses parents ? Elle était mal dans sa peau depuis le départ ! C'était foutu d'avance !

— Puis-je vous poser une question délicate, monsieur Vogue ?

Il ne répond rien, alors elle tente sa chance.

— Qu'avez-vous ressenti en la voyant sauter ?

Le visage d'Arthur s'assombrit soudain. Il semble perplexe. Ce n'est pas comme s'il s'était déjà posé la question. Qui a le temps de s'appesantir sur ses affects ? Ressentir, c'est bien un mot de bonne femme. Heureusement, ici, la réponse est une évidence pour lui.

— De la honte. J'ai ressenti de la honte que ma fille se donne en spectacle de cette manière.

La psychologue se mord la lèvre pour ne pas réagir.

2

Lettre de Jill Vogue à sa fille Théa, datée du 30 juillet 2000

Ma Théa chérie,

Je voulais te raconter mon histoire pour que, de mes erreurs et mes réflexions, tu puisses tirer une éventuelle richesse, mais aussi pour te confier un secret. Une sorte de prélude à ma confession. Pour que tu en saisisses toutes les facettes et que tu me pardonnes aussi, le cas échéant.

Je reprends mon récit où je l'ai laissé.
Avec mon enfance particulière, l'instinct maternel n'est pas immédiat. Je suis en colère de découvrir combien ma mère m'a privée, outre de mon enfance, de cette capacité à fonder une famille. Je n'ai rien appris d'elle, ni de nos rares discussions ni par mimétisme – je me doute bien qu'une mère ne passe pas sa vie au lit !
Alors qu'Arthur me presse de concevoir un enfant, davantage de questions m'assaillent. L'amour maternel se transmet-il et si oui, comment faire en partant de rien ? Est-ce que je ne

cours pas à la catastrophe ? Bref, ai-je le droit de devenir maman ?

Je n'ai pas l'occasion de m'interroger longtemps. Lors d'un examen de routine, l'on me découvre une lésion du col utérin, une sorte de pré-cancer. Le médecin se veut rassurant. Il me décrit la procédure à suivre : une colposcopie et une éventuelle première opération destinée à éliminer la lésion. Je me plie à ce programme dans une relative insouciance et l'intervention s'avère nécessaire.

Quelques jours plus tard, le médecin nous annonce, à Arthur et moi, que l'opération est une réussite. La lésion est complètement éliminée et je suis guérie. L'analyse du tissu prélevé révèle toutefois un carcinome invasif de stade IA2. Nous restons tous deux silencieux, impatients de savoir ce que ce terme signifie. Le médecin dépeint rapidement un tableau très optimiste. Il nous explique qu'avec ce type de carcinome, il n'existe qu'un risque très faible de récidive dont il est possible de se prémunir en procédant à une hystérectomie. Selon moi, le médecin prononce ce nom barbare plus pour être complet que par réelle nécessité et, avant que j'aie le temps de l'interroger, il poursuit, nous noyant sous un flot de jargon médical.

Je quitte le cabinet, soulagée. Arthur, lui, ne dit pas un mot. Nous traversons les longs couloirs et marchons jusqu'à notre voiture garée un peu plus loin dans la rue, en silence. Alors qu'il reste concentré sur la route, je l'observe. Son visage s'est fermé. Je lui demande ce qu'il se passe et il me répond stupéfait : « Comment peux-tu être joyeuse alors que nous ne pourrons jamais avoir d'enfant ? »

Il me faut un instant pour saisir le sens de ses paroles. Pourquoi conclure que nous n'aurons pas d'enfant ? Je rejoue dans ma tête l'échange avec le médecin sans comprendre.

J'essaie d'en savoir plus quand il me lâche sans préambule : « Tu ne vas quand même pas prendre le risque d'une récidive ? Une hystérectomie est incontournable, tu n'as pas le choix ! »

Je suis tellement étonnée par sa logique que je dois me retenir de rire. Comment peut-il envisager une intervention aussi définitive sur la base d'un taux de récidive aussi faible ?

« Je ne comprends pas qu'avec ce risque réel, l'opération ne soit pas une évidence pour toi ! » poursuit-il.
En quelques phrases, je mesure le fossé qui s'est creusé entre nous, entre nos deux façons de concevoir le monde. Il continue, offusqué : « Tu choisirais un enfant plutôt que la possibilité d'une longue vie avec moi ? »
Je reste muette. Comment peut-on mettre en balance un enfant et un époux ? Dans ses yeux, je lis, outre la colère, une peur réelle, comme si je m'apprêtais à le priver d'un bien précieux.
Arthur insiste, multiplie les arguments et sa détermination commence à me mettre mal à l'aise. Je connaissais ses difficultés relationnelles, mais je n'avais pas encore perçu son angoisse profonde. Il persévère dans son discours comme si j'étais à deux doigts de mourir et qu'il était urgent d'agir. Je reste impuissante face à son anxiété maladive. Espérant qu'une nuit de sommeil atténuera ses craintes, je lui promets d'y réfléchir. En échange, je lui demande de me laisser un peu de temps.
En réalité, je n'ai pas besoin d'y songer. Singulièrement, sa réaction n'a pas eu l'effet escompté. Au lieu de m'inquiéter de mon sort ou du sien, notre dispute m'éveille à un nouveau désir. Je veux un enfant.
Tout s'enchaîne presque naturellement. Sans avoir l'assentiment de ton père, avant même d'en parler avec lui, je choisis d'avancer seule. Je ne prends pas la pilule prescrite et m'attache à nous réconcilier. J'ignore si tu pourras un jour comprendre ce choix. Sans doute est-il condamnable. Certainement même, mais j'ai le sentiment que je ne peux rien faire contre l'irrationalité de ton père. Pour une fois, je ne pense qu'à mon bonheur. Et rapidement, la vie me sourit. Je tombe enceinte.
Pendant ce qui me paraît les semaines les plus longues de ma vie, je manigance pour ne pas éveiller les soupçons d'Arthur et alors qu'il commence à perdre patience, je fuis ! Je fugue avec toi ! En découvrant ma lettre sur la table de l'entrée, Arthur comprend. Il m'avouera plus tard ne même pas l'avoir ouverte. Je n'ai pas le courage de débattre

avec lui. Je crois que je ne l'aime pas assez pour cela. Je reste cachée à prier le ciel pour que tu t'accroches, malgré ce départ difficile, malgré cet habitacle abîmé.

Lorsqu'enfin, je reviens à la maison, je le découvre assis sur le fauteuil de l'entrée. Je me demande depuis combien de temps il m'attend là. Il se lève pour m'embrasser et s'empare de ma valise pour la monter dans notre chambre. Ton père n'est pas un homme loquace et pour la première fois de notre histoire, j'apprécie son silence. Je viens de disparaître pendant plusieurs semaines et il ne me pose qu'une question : « As-tu déjà mangé ? ».
Sa voix brisée en dit long sur l'épreuve qu'il vient de traverser.
Ce jour-là, je comprends combien ton père est incapable d'exprimer sa souffrance. La douleur lui scelle les lèvres et le coupe de tout sentiment.

C'est au creux de ces non-dits que mon ventre s'est arrondi, sans jamais éclaircir ma part de responsabilité dans ce miracle. Peut-être aura-t-il imaginé que cette grossesse était une surprise pour moi aussi, la seule façon de la rendre plus acceptable ? Il a dû s'en raconter des histoires pour ne pas reconnaître que j'ai préféré un être en devenir à lui-même. Que j'ai pris ce risque, infime pour moi, terrible pour lui, pour cet amour déjà plus précieux que celui qu'il tentait de construire avec moi.
Je n'ai jamais eu sa version de l'histoire et je ne souhaite pas la connaître, car s'il me la livrait, il pourrait exiger la mienne en retour.
Mon secret. Mon immense secret. Mon plus beau secret.

Ta maman, maintenant et pour toujours, quoi qu'il arrive

3

Le 28 juillet 2014, 16 heures

BLACK EST DÉSORMAIS DIVISÉE en deux camps : ceux qui savent et ceux qui ignorent.

Ceux qui, bien malgré eux, ont conclu avec Théa un pacte silencieux et ceux qui la pleurent.

Ils se croisent en ville, échangent quelques politesses et pour beaucoup, s'apprêtent à dormir sous le même toit.

Les complices involontaires sont principalement les amis de Théa. Les autres, pour la plupart des adultes, ne pouvaient être mis dans le secret. Théa les connaît moins bien. Elle ne voulait pas risquer que la fibre maternelle de l'une, la conscience religieuse de l'autre ou encore une quelconque solidarité parentale ne mette en péril son plan.

Alors que seules quelques heures se sont écoulées, ce saut a déjà bouleversé toute la petite communauté. Dans les foyers, on s'interroge. Pouvait-on éviter le drame ? Était-ce une volonté soudaine ou un acte prémédité ? Que n'a-t-on pas vu chez Théa ?

Et surtout, que ne voit-on pas chez nos propres enfants ?

Ceux qui ignorent que Théa est en vie sont en proie à l'angoisse. Ils suivent compulsivement les nouvelles à la télévision locale. Ils espèrent, ils prient, ils secouent la tête pour s'éveiller de ce mauvais rêve. Dans leur esprit, se dessine leur dernier souvenir avec la disparue. Ils le dissèquent pour y trouver l'appel à l'aide. Ils répètent mentalement les mots échangés, scrutent son visage en quête d'une réponse, ressassent cet échange banal dont l'importance croît soudain. Pire, ils commencent à douter. À force d'examiner le visage de Théa, ils y voient de nouveaux traits, plus anxieux, autant d'indices qu'ils ont éludés.

Face à eux, les complices ne sont pas plus heureux. Ils ont conscience de participer à une entreprise importante. Ils ont lu et relu les mots de Théa. Ils ont compris ou essaient de comprendre. Ils s'efforcent de respecter la volonté de leur amie. Ils l'ont vue souffrir, alors ils se sentent obligés de l'aider.

Pour ne pas éveiller les soupçons, ils tentent d'agir normalement en s'intéressant aux recherches et en s'interrogeant sur les motifs de son acte. Eux prient pour que le temps s'accélère, pour que ces sept jours d'attente s'achèvent. Paradoxalement, leur volonté de paraître normaux les transforme. Ils ont un comportement étrange, alimentant encore l'angoisse nouvelle de leurs parents.

Madeleine est particulièrement éprouvée. Alliée de Théa depuis toujours, elle fait partie de ses complices. Même si les années au service d'Arthur Vogue ont entretenu un profond ressentiment à son égard, elle ne veut pas être témoin de sa détresse, mais espère tout autant qu'il ne restera pas indifférent. En proie à cette contradiction étouffante, elle l'observe, briquant davantage les lieux où il se trouve.

Lorsque cet après-midi, il est resté assis, le regard dans le vide au lieu de se plonger dans la presse, elle a entrevu un espoir. Mais celui-ci a immédiatement pris un goût amer, car si Théa commence à compter pour lui, Madeleine sera aux premières loges pour contempler un père en souffrance. *Cela valait-il vraiment la peine, Théa ?* songe-t-elle. *N'aurait-il pas fallu simplement renoncer ?* Elle sait bien que non, mais ne peut s'empêcher de s'interroger.

Sans le savoir, Théa a initié une onde de choc, bouleversant chaque famille. Chacun se remet en question. Chacun, sauf Arthur. Il a émergé de sa syncope en colère. Il semblait épuisé et avait vieilli de dix ans en quelques minutes. Il s'était relevé difficilement, en prenant appui sur les autres rassemblés autour de lui.

Maintenant, il n'était plus qu'une coquille vide en attente.

Théa pensait-elle vraiment qu'il en irait autrement ? En élaborant son plan, imaginait-elle que son saut ébranlerait toute une communauté sans susciter l'effet recherché ? Il faut une sacrée dose d'optimisme, voire une certaine insouciance pour croire en un tel projet.

Ou bien est-ce sa blessure qui l'a aveuglée et poussée à commettre un acte aussi désespéré ?

Personne ne le sait. Pas même Théa.

Et finalement, est-ce important maintenant qu'elle a sauté ?

4

Le 29 juillet 2014, 15 heures

Cabinet de la psychologue Augustina Lamberto

— Êtes-vous parvenu à dormir ? demande Augustina.

— À votre avis ? répond Arthur avec une pointe d'agressivité.

Augustina reporte son attention sur la nature, sur cet arbuste qui fleurit devant sa fenêtre. Elle tente de se concentrer sur sa mission difficile. Maintenir ce lien que lui semble vouloir détruire à tout prix. Son approche est-elle adéquate si elle se heurte sans cesse à sa colère ? Est-ce toujours ainsi lorsqu'un parent fait face à la disparition de son enfant ? Elle l'ignore. C'est la première fois qu'elle est confrontée à un tel cas de figure.

— Avez-vous pris les médicaments prescrits par le médecin ? C'est important que vous puissiez récupérer, ne fut-ce que quelques heures, insiste encore la psychologue.

— Qu'est-ce que vous en savez de ce qui est important pour moi, là, maintenant ?

Bizarrement, elle éprouve de la difficulté à parler de *suicide* lorsqu'elle évoque le saut. Elle était parmi les témoins impuissants ce soir-là et depuis, cette image de la silhouette gracieuse qui s'élève dans les airs l'intrigue, comme si elle recélait un mystère. Elle la ressasse pour identifier l'élément qui la perturbe, mais ne trouve rien. Était-ce sa grande beauté qui lui donnait une allure immortelle ? La mort ne pourrait-elle être esthétique ? Ou bien encore est-ce la part de rêve contenu dans ce saut, une princesse qui bondit dans la nuit et s'envole vers les étoiles ?

Elle tente de se concentrer à nouveau sur la discussion. Elle voudrait lui dire combien elle est désolée, mais elle se ravise. La douceur ne semble pas la meilleure voie pour l'instant.

— Dans votre situation, aucune question n'est adéquate. Personne ne peut imaginer votre souffrance.

Il relève la tête et la regarde dans les yeux. Elle lui accorde quelques secondes pour assimiler ses paroles et poursuit :

— Mon travail est de vous aider, même si vous avez l'impression du contraire. Je veux vraiment vous aider. Pour cela, je ne dispose que des mots, les miens et les vôtres. Nos mots et le silence. Alors quelle question aimeriez-vous que je vous pose ?

Il fronce les sourcils, surpris par cette approche singulière.

— Vous êtes payée pour accomplir un travail et vous me demandez de le faire à votre place ?

Augustina ne peut s'empêcher de sourire devant tant d'obstination.

— Et vous souriez en plus ? Mais c'est un comble ! Tout cela est-il vraiment professionnel ?

— Vous avez raison et je vous présente mes excuses, dit Augustina en serrant les lèvres pour contenir un nouveau sourire. Je ne vous posais pas cette question pour me décharger de mon rôle, mais pour explorer différemment, en tenant davantage compte de votre point de vue.

Arthur croise les jambes, visiblement satisfait de cette réponse. Finalement, peut-être devrait-elle lâcher le fil ténu qui les unit encore pour qu'enfin il se saisisse de son extrémité ? Encore une fois, elle persévère.

— Pourquoi être revenu aujourd'hui si tout ceci vous déplaît ? lui demande-t-elle en montrant d'un geste leurs fauteuils face à face.

La question désarme Arthur. Les traits de son visage s'adoucissent un peu, sous l'effet conjugué de la surprise et de la perplexité. Pour garder une contenance, il retrousse les manches de sa chemise et se redresse sur son siège. Augustina adopte la même posture.

— Je suis revenu parce que je ne savais pas quoi faire d'autre, avoue-t-il, soudain penaud.

— D'accord, reprend la psychologue avec prudence. Vous voulez bien me raconter comment les choses se sont passées pour vous depuis hier ?

— Il n'y a pas grand-chose à expliquer. Je me suis assis et j'ai attendu.

— Attendu ? répète-t-elle en tendant la main vers lui pour l'inviter à poursuivre.

— Oui, je n'avais envie de rien faire d'autre. J'ai décroché le téléphone pour ne pas être importuné par tous ces gens qui font semblant de compatir et j'ai attendu.

— Avez-vous une idée de ce que vous attendiez ?

— C'est confus, reconnaît Arthur en passant une main dans ses cheveux. Je crois que j'attendais que quelque chose se produise en moi ou à l'extérieur. La maison était soudain si calme. J'imagine que dans pareille situation, on hurle, on pleure, mais dans mon cas, rien de tout cela n'est arrivé. Alors je suppose que j'ai attendu… attendu que quelque chose survienne.

— Et ?

— Rien. Je revois son saut et il me paraît irréel. Je vous disais hier que ce saut me faisait honte, mais je dois vous avouer qu'aujourd'hui, je ne ressens même plus cela. C'est comme si j'abritais le néant. Je ne ressens rien. Cela m'a presque soulagé d'être agacé par vos premières questions, ajoute-t-il avec un faible sourire. Je ne peux décemment rien faire d'autre que rester chez moi.

Il reste un moment silencieux, puis ajoute d'une voix anxieuse :

— Vous imaginez ? Si l'on me croisait dans la rue, les yeux totalement secs ?

— C'est le regard des autres qui vous inquiète... ?

Augustina doit se retenir pour ne pas terminer sa question par « ...plus que la disparition de votre fille ». Il faut absolument qu'elle se ressaisisse. Cet homme a besoin de tout sauf de son jugement. Pourtant, elle doit fournir un effort surhumain pour ne pas s'écrier que sa petite personne, on s'en fout !

Alors, elle essaie encore une fois de se rappeler que chaque être est un mystère, même si celui-ci la secoue plus qu'un autre. Ce n'est pas parce qu'il semble détestable qu'il l'est. Au fond, elle aurait presque l'impression que c'est ce qu'il souhaite. Être haï pour accroître encore sa solitude. Il ne faut surtout pas que je tombe dans ce piège, s'exhorte-t-elle intérieurement.

— Le regard des autres m'a toujours inquiété, avoue Arthur. N'en va-t-il pas de même pour tous ceux qui se sentent différents ?

— Vous vous sentez différent, monsieur Vogue ?

— Vous vous moquez de moi ? J'essaie de dissimuler ma différence depuis toujours, mais je ne suis pas idiot, je me doute que personne n'est dupe... Et là, avec son saut, je peux faire une croix sur la normalité, confie-t-il le regard perdu.

Arthur marque une courte pause. Il hésite à former sa prochaine phrase, il ouvre la bouche puis la referme et se renfonce dans son fauteuil. Finalement, il cède :

— En réalité, je suis pire que différent. Je suis un monstre, Augustina. Ma fille vient de se suicider et je ne ressens rien. Qui suis-je, sinon un monstre ?

Il prononce cette phrase avec un calme infini, comme si elle ne contenait pas tous ces mots terribles.

— Le pire est que je suis un monstre depuis longtemps. Je n'ai jamais compris ces gens qui s'agitent, pleurent, se serrent dans les bras. Les rares mots d'amour que j'ai réussi à glisser à mon épouse pour la charmer, je les ai tirés d'un film ou d'un livre. Rien ne me venait sinon. Je voudrais pouvoir être comme tout le monde, éprouver ces sentiments qui pourtant m'agacent tellement. Je voudrais… mais tout me laisse froid. Aujourd'hui plus que jamais, avoue-t-il d'une voix qui se brise soudain.

5

Lettre de Jill Vogue à sa fille Théa, datée du 2 août 2000

MA JOLIE THÉA,

Dès l'instant où je te tiens dans mes bras pour la première fois, je suis apaisée. Comme si ta venue au monde me lavait de toutes mes souffrances. Le jour où tu connaîtras ton premier grand amour, peut-être comprendras-tu ce que je tente de décrire. Je t'ai conçue pour poursuivre une vie où je passais d'une famille triste à un mari peu aimant, une vie qui ne méritait pas que l'on s'attarde, mais dont j'ignorais quoi faire sinon la vivre…

Avec cette nouvelle maternité, je découvre qu'un petit être peut transformer une existence, sans mots, sans même ouvrir les yeux, par sa seule chaleur sur un corps qui en a manqué. Ta tête abandonnée sur ma poitrine, je ne peux m'empêcher de songer à l'enfant que j'ai été. J'ai l'impression de la voir, debout à côté de la table d'accouchement, observant tranquillement notre rencontre. Je veux lui tendre la main, lui offrir de s'approcher, de nous rejoindre sur ce lit pour l'envelopper de notre amour naissant. Dans mes bras, contre toi, telle la sœur que je ne pourrai pas te donner.

J'ignore comment Arthur, relégué dans un rôle de figurant, a vécu ce changement. De loin, il nous regarde nous aimer et avec le recul, je me demande si je n'aurais pas dû l'intégrer plus à notre famille.
En relisant ma dernière phrase, je réalise combien elle est surprenante. Elle signifie que ton père est un élément extérieur, électron libre qui gravite autour du nid. Ce sont en tout cas les souvenirs qui me restent de tes premières semaines. Toi collée à moi, lui plus loin, adossé à un mur et, de plus en plus souvent, plongé dans la lecture d'un journal.
J'ignore où cette séparation a pris sa source. Elle semble s'être imposée à nous tous, telle une évidence. Pourtant, je regrette de ne pas avoir été plus vigilante. Toute absorbée par notre rencontre, je n'ai pas mesuré combien son exclusion nous coûterait un jour, à toi et à moi. À lui aussi, peut-être.
Aurait-il pu tenter une incursion, s'imposer dans son rôle de père, t'arracher gentiment aux bras de la mère poule que j'étais ? J'écris toutes ces questions, mais en réalité, ces gestes étaient pour lui inaccessibles. J'avais appris à connaître l'homme, j'avais vaguement saisi ses blessures et jamais il n'aurait été capable de tout cela.
J'ai beaucoup hésité à partager avec toi cette partie de ton histoire, mais en grandissant, je crois que tu auras besoin de savoir. En te laissant seule avec cet homme détaché, lointain et en apparence insensible, je t'abandonne à la plus grande des solitudes, celle de l'enfant mal aimé. Je m'étais pourtant promis de construire un foyer différent, empli de tendresse et de présences chaleureuses, et voilà que je te laisse avec lui.
J'essaie de ne pas m'en vouloir, je me répète que j'ai été prise de court. La volonté était là, féroce, mais elle n'a pas trouvé le moyen de s'accomplir autrement que dans mon amour pour toi.

Ta maman

6

Le 30 juillet 2014, 11 heures

Cabinet de la psychologue Augustina Lamberto

— J'AI ENCORE FAIT CE RÊVE BIZARRE, commence Arthur.

À cette heure de la journée, les rayons du soleil plongent droit sur leurs fauteuils. Pour ne pas les incommoder, Augustina a déroulé la persienne en bois qui dessine sur leurs corps de fines lignes lumineuses. Une image qui évoque pour lui les après-midi oisifs en Italie. C'est Jill qui avait choisi la destination de leur voyage de noces. Il avait réservé ce voyage parce qu'il était la suite logique après un mariage, pas parce que cela lui faisait plaisir. Si les autres procédaient de cette façon, alors il devait suivre leur exemple. Il en avait toujours été ainsi : tenter d'assimiler les règles du jeu et les suivre précautionneusement.

— Un rêve ? répète la psychologue pour l'encourager à développer.

— Dès que je ferme les yeux, même pour une heure, ce rêve revient. Est-ce normal ?

Arthur s'était déjà tant de fois posé cette question. Est-ce normal ? Suis-je normal ? C'était la première fois qu'il la posait à voix haute et surtout à quelqu'un d'autre.

— Vous savez, la normalité est un concept relatif ! lui répond Augustina.

— C'est exactement ce que disent les gens normaux, ceux qui évoluent avec aisance dans la société. Pour eux, cette question importe peu.

— Si vous me parliez plutôt de votre rêve ?

— C'est un rêve ridicule, déclare Arthur en balayant l'idée d'un geste de la main. Ridicule et agaçant.

— Mais il revient…

Arthur acquiesce.

— Pourquoi pensez-vous qu'il revienne, s'il n'est pas digne d'intérêt ?

— Je n'en sais rien ! Ce n'est pas vous qui êtes censée m'apporter les réponses ? interroge Arthur sur un ton de reproche.

— Pas du tout, rétorque Augustina amusée. Mes réponses ne seraient jamais à moitié aussi bonnes que les vôtres ! Ce serait dommage de faire dans la médiocrité, n'est-ce pas ?

La psychologue use d'une insolence qui fait sourire Arthur. Il inspire profondément comme s'il s'apprêtait à prendre la parole pour un discours. Quelque chose a changé chez lui depuis hier. Il paraît plus doux, presque affable. Lorsqu'il lève les yeux vers elle, elle n'éprouve plus cette légère tension, annonciatrice d'un combat. Son visage lui semble également plus avenant. S'est-il rasé ? Est-il allé chez le coiffeur ? Certainement pas. Qui pourrait se rendre chez le coiffeur la semaine où son enfant saute d'une falaise ? La voix d'Arthur la tire de sa réflexion.

— Non, je ne veux pas faire dans la médiocrité. Pour répondre à votre question, ce rêve n'a pas d'intérêt car les rêves ne comptent pas ! Ce sont de simples digressions d'un esprit inoccupé !

— Et votre esprit a donc une préférence pour un scénario en particulier puisque le rêve se répète ?

— Oui, encore une preuve de mon manque de créativité. Cela ne m'étonne plus. J'ai toujours été si tristement prévisible.

Le visage d'Arthur s'assombrit.

— Si je vous entends bien, vous êtes un homme sans émotion ni créativité ? le taquine Augustina.

— Le rêve de toute femme ! sourit Arthur.

La psychologue s'efforce de ne pas se laisser distraire par ce trait d'humour qui la surprend. C'est le plus compliqué dans ce genre de suivi, rester concentrée sur l'objectif.

— Cela vous évoque quelque chose ? Cette personnalité dénuée d'émotion et de créativité ?

— La réponse est évidente. C'est comme si j'étais déjà mort, répond-il avec un rire nerveux. Ma mère était un peu comme cela, je crois. D'après mes souvenirs.

— Votre mère ?

— À mon époque, les pères étaient plutôt distants. Une figure qui apparaît, salue et prend congé. Je connaissais mieux ma mère. Enfin, mieux est un terme un peu excessif. Je crois que du temps de mon enfance, on ne connaissait bien personne.

— Est-ce l'époque ou votre famille qui empêchait de se connaître vraiment ?

Arthur soupire et tapote nerveusement son genou.

— Aucune idée ! Je ne sais pas comment les choses se déroulaient chez les autres. Mes parents m'ont très vite inscrit en pension. Finalement je ne dispose que de peu d'éléments. Le…

Il s'interrompt et la fixe à nouveau, comme s'il attendait un encouragement. Il tourne la tête et poursuit sans la regarder.

— Dans le rêve, c'est elle. Ma mère. Enfin, une femme qui lui ressemble.

Augustina se contente d'acquiescer en silence.

— J'ignorais qu'on pouvait répéter le même rêve avec tant de précision. Chaque geste semble se reproduire à l'identique, comme si je visionnais toujours le même film.

— Vous voulez me le raconter ?

Arthur hésite quelques secondes, puis se lance :

— Dans mon rêve, ma mère est vêtue de cette robe bleue en lin, qu'elle a portée si souvent après la naissance de chacun de ses enfants. Elle tient un bébé dans les bras, moi ou un autre, je l'ignore…

L'homme déglutit difficilement. Il semble ému par cette image.

— Un bébé de quelques mois, ajoute-t-il comme si ce détail avait de l'importance. L'enfant l'observe et tend la main vers la joue de ma mère. Mais elle détourne le regard, comme s'il n'existait pas. Le bébé s'agite, multiplie les gazouillis pour attirer son attention. En vain. Le regard dans le vide, elle continue de l'ignorer. Le rêve se termine sur ce tableau.

Il a maintenant les larmes aux yeux.

— Ce contraste m'intrigue. Tant de vie face au détachement ou tant d'indifférence face à toute cette vie, énonce Arthur à voix basse. Comme s'ils n'appartenaient pas au même monde. Car finalement, comment peut-on se désintéresser d'un bébé remuant ou s'animer face à une mère lointaine ?

— Et aujourd'hui, c'est vous qui vous sentez lointain ?

Arthur la fusille du regard, puis se ravise. Il s'est promis de donner une chance à ce travail. Il doit renoncer à cette sale habitude d'attaquer constamment. Il s'efforce de réfléchir à la question, même si elle lui vrille l'estomac.

— Sans émotion ni créativité. Lointain. Sans vie. En attente qu'il se produise quelque chose. Oui, c'est vrai, admet-il, je suis un peu la mère de mon rêve. Cette mère de mon enfance.

Des larmes coulent sur ses joues. Il les essuie d'un geste vif et elle se dit qu'il pleure peut-être pour la première fois.

7

Lettre de Jill Vogue à sa fille Théa, datée du 3 août 2000

MA CHÉRIE,

Hier matin, tu me racontais tes aventures à l'école, doux mélange de joies et de déceptions. Je dois être un peu ridicule à retenir mon souffle lorsque tu m'expliques une simple dispute. Je t'imagine dans cette cour de récréation, au milieu des filles avec lesquelles parfois tu te chamailles, ces mots qui fusent, ces moqueries dont tu peux être la cible. Mon cœur se serre comme si j'y étais. Pourtant, tu ne me racontes rien de grave. Ce sont de petits incidents qui ponctuent toutes les enfances, éduquent à se dresser contre l'injustice dirigée contre soi ou un autre.

Bref, tout cela est naturel et néanmoins, je me liquéfie en t'écoutant. La mère poule des débuts s'est installée. Avec les années, elle a même pris ses aises. Quand j'explique à ton institutrice les ennuis que te fait subir un camarade dans l'espoir qu'elle rétablisse l'ordre, je vois bien son inconfort. Je fais ma mère encombrante et elle ignore comment me cadrer.

Ou peut-être connaît-elle le secret des mères poules ?
Depuis que je le connais, je ne les considère plus de la même façon. Je les observe avec tendresse relever un col, vérifier une fermeture Éclair, répondre à un besoin alors qu'il est encore à l'état de murmure pour celui qui le porte. Je vois en elles l'enfant blessé qui s'est construit sur un terrain peu propice, éprouvé par des parents défaillants. Elles cachent cette enfance douloureuse qui s'exprime malgré elles dans une sensibilité exacerbée, une volonté de préserver à tout prix.
Devenir une mère poule ne résulte pas d'un choix : c'est un destin qui domine et contre lequel il est compliqué de lutter. J'ai renoncé pour ma part. La violence de l'enfance m'a donné un sens aigu de la souffrance et je ne parviens pas à faire la distinction entre la mienne et celle que tu pourrais ressentir, même simplement malmenée dans une cour de récréation. Alors, face à une injustice ou un coup bas, je ne peux que me dresser.

Avec le temps, j'ai d'ailleurs découvert qu'il en va de même pour nous tous. Chaque attitude que je pourrais juger dissimule une histoire. Alors, je tente d'écouter, de poser un regard différent. Face à l'adulte que je ne comprends pas, je cherche l'enfant.
Ton père ne fait pas exception. La distance qu'il met entre lui et les autres n'est qu'un des indices de tout ce qu'il tait. J'ai souvent essayé de sonder ce mystère, en vain. J'ai voulu approcher l'enfant qu'il renfermait, mais il s'est toujours caché de moi.
Pour me rassurer, je me dis que tu parviendras peut-être à briser la glace. C'est vrai, tu as l'énergie, l'audace et le temps.
Pardon de te laisser avec cette tâche inachevée.

Ta petite mère poule qui te couve avec beaucoup de plaisir

8

Le journal de Théa

CHACUN SA FAÇON DE RESTER.

Moi, c'était à moitié, un pied sur terre, l'autre dans les airs et la mer qui décide.

Des calculs précis et répétés avaient permis d'écarter tout risque. Il ne fallait pas attendre la marée du siècle qui se produit tous les dix-huit ans et demi et nécessite un alignement parfait de la Lune, de la Terre et du Soleil. Seul un coefficient important suffisait pour notre plan. Aujourd'hui, les soirs de grande marée n'intéressent plus personne. Même la presse locale ne couvre plus ce phénomène.

Un tel marnage, un 27 juillet, était ma chance.

Pour que le saut paraisse définitif, il fallait un contexte fort, un contexte qui, face à un même geste, favoriserait une impression plutôt qu'une autre. Nous aurions été sur ces célèbres aplombs qui réjouissent le touriste aventureux, mon saut n'aurait pas eu le même effet. Il aurait tout au plus suscité les cris enthousiastes de mes amis.

Notre meilleure carte était certainement ma phobie de l'eau. Tout Black connaissait cette histoire, celle de la petite fille de six ans qui trouve sa mère endormie dans son bain. Sauf que ma mère ne dormait pas. Tous s'étaient émus de la souffrance qui s'exprime comme elle peut, par les larmes, par le silence, par ce rejet de cette eau meurtrière. Cette phobie ne donnerait à mon saut qu'une seule signification.

Pour parfaire l'image d'un saut définitif, il fallait la robe de soirée, une rupture récente et publique, une course folle au moment où chacun s'apprêtait à admirer les feux d'artifice.

Ce décalage entre mon acte et ce que l'on attend d'une fête confirmerait son caractère désespéré.

Une fois dans l'eau, je devais suivre une série de gestes longuement répétés. Ôter ma robe, la nouer autour de ma taille et parcourir sous l'eau les quelques mètres qui me séparaient du rivage, de cette grotte où un sac avec des affaires de rechange m'attendait.

En nageant, j'ai songé à toutes ces heures passées avec Barnabé, à cette première fois où j'ai osé progresser dans la mer jusqu'aux genoux, à la sensation de mon corps qui flotte enfin paisiblement, à la douceur de l'eau qui glisse sur moi tel un élément protecteur. Cette découverte d'un plaisir dont je m'étais longtemps privée et que j'apprivoisais grâce à Barnabé. Il aura fallu des mois de persévérance pour que je dépasse ma peur et sache nager.

Des semaines à échanger sur la vie avec celui que ma mère avait tant aimé.

Malgré tout, la vie nous réunissait dans ce projet dont nul n'était certain qu'il soit le bon, mais que personne ne voulait lâcher.

C'est ma façon de réparer, me répétait-il souvent. C'est ma façon de réparer.

Je ne crois pas qu'on fasse jamais les choses pour une seule raison. Certains comprendront mon geste, d'autres pas. N'en va-t-il pas toujours ainsi ? Chacun de nos pas déplaît ou séduit, selon le spectateur.

Dans ma lettre, le soir de mon saut, j'ai confié les motifs avouables, ceux que je peux partager avec ce petit groupe formé par mes amis, dissimulant les autres raisons qui ont contribué à ce saut dont la plus importante.

Je voulais que mon père ait enfin l'opportunité de désirer cet enfant. Moi.

Je voulais lui permettre de vivre ce qui avait manqué à leur histoire.

Comment aurais-je pu leur expliquer cela sans trahir le secret de ma mère et risquer de salir sa mémoire ? Je ne leur ai pas écrit non plus que j'en crevais de ce manque d'amour, que lentement il avait fissuré mon assurance, que mon élan vers les autres devenait moins naturel, que, sans le vouloir, je guettais leur réaction et tentais de m'adapter à leurs désirs, devenant bientôt un être qui doute au lieu de vivre.

Avec ce père froid, austère, agacé par ma simple présence, j'avais perdu quelque chose d'encore plus précieux que son amour. Ma liberté.

9

Le 31 juillet 2014, 11 heures

Cabinet de la psychologue Augustina Lamberto

— Pourquoi ne m'a-t-elle rien dit ?

La voix d'Arthur est empreinte de dureté.

— Pourquoi n'a-t-elle pas demandé d'aide ? Il existe des psychologues pour cela, non ? poursuit-il.

— Votre fille ne vous avait rien dit ? Son comportement n'avait pas changé ces derniers temps ?

— Hormis ses tentatives enfantines pour obtenir un peu d'attention, j'avais l'impression qu'elle était une jeune fille comme les autres, répond Arthur, soudain mal à l'aise.

— Des tentatives enfantines ?

— Mais oui, vous savez bien ! s'agace Arthur.

— Non, je ne sais pas justement.

— Ah oui, c'est vrai, vous n'avez pas d'enfant…

Augustina tente de dissimuler son indignation. Il ne dit pas cela pour la blesser. Pourtant, elle est troublée. Elle s'efforce de ne pas paraître exaspérée, mais le résultat est mitigé.

— Avoir ou non des enfants n'a rien à voir avec notre discussion. Vous me parlez de *tentatives enfantines pour attirer votre attention* et je vous demande de développer.

Sa voix tremble, elle devrait contenir son énervement, mais elle n'y arrive pas. *Chaque être est un mystère. Chaque être est un mystère. Chaque être est un mystère.* Répéter cette phrase ne lui permet plus de lutter contre le jugement qui s'empare d'elle. Elle se représente la jeune fille face à ce père impassible et cela lui serre le cœur. Pourtant, cette première image en convoque une autre, celle du rêve, la mère et son bébé. *Chaque être est un mystère. Chaque être a son histoire.*

— Je ne sais pas, moi, vous m'en posez de ces questions ! répond Arthur en levant les bras en signe d'impuissance.

Elle devrait attendre patiemment que la réponse émerge, mais elle ne tient plus :

— Avec tout le respect que je vous dois, Arthur, un enfant a besoin d'attention !

Sa déclaration plonge l'homme en plein désarroi. Ses mains tressaillent. Cette phrase banale malmène ce père qui ne s'est jamais posé de questions. Malgré tout, il agrippe les accoudoirs et repart vaillamment au combat.

— Qu'est-ce que vous insinuez ? Que c'est de ma faute si elle s'est suicidée ?

— Je n'ai pas dit cela. Je dis juste qu'un enfant a besoin d'attention, poursuit Augustina fermement.

Il se renfonce dans son fauteuil et détourne le visage, une façon de s'évader.

— Vous semblez assimiler une demande d'attention à un caprice…

Augustina sait qu'elle va trop loin. Elle a franchi une ligne qu'elle a toujours respectée jusqu'ici. Habituellement, elle prendrait le temps d'amener son patient à mûrir sa réflexion, mais ici, elle a un sentiment d'urgence. Elle tente de se ressaisir. Elle n'est pas là pour lui dicter une ligne de conduite. Ce n'est ni son rôle ni sa place.

— Excusez-moi, je n'aurais pas dû. Je ne suis pas supposée vous dire quoi penser…

Ce revirement de situation surprend Arthur qui la dévisage. Augustina est troublée. Elle a l'impression qu'il fait soudain plus chaud dans la petite pièce. En un geste souple, elle noue ses longs cheveux en chignon.

— Je suis désolée, vraiment. Je ne suis pas certaine d'être à la hauteur, admet la psychologue. Si vous le souhaitez, je peux vous réorienter vers un confrère…

— Vous savez pertinemment bien que je n'aurai jamais la force de consulter une autre personne. Alors, laissez tomber cette idée. D'ailleurs, c'est plutôt agréable de ne pas être le seul à ne pas se sentir à la hauteur, ajoute Arthur.

Avec une douceur désarmante, il lui sourit.

— Pour être honnête, j'apprécie votre franchise. Elle me donne l'impression de valoir la peine. Vous dites que ma vérité nous conduira à la solution et je suis assez sûr que la vôtre nous aidera aussi.

Ils restent un instant à s'observer en silence. Les règles qui gouvernent leurs échanges ont évolué. Ils laissent derrière eux une forme d'idéal, concentré des principes contenus dans les livres pour créer le leur, aussi réel qu'imparfait.

— Hier, j'ai pleuré Théa. J'ai fait ce rêve à nouveau et en me réveillant, j'ai senti une pression ici, raconte Arthur en posant la main sur sa poitrine. Pour la première fois, ma fille me manquait. J'imagine combien cette phrase fait de moi un monstre, quatre jours après son départ.

Il la regarde, les yeux baignés de larmes.

— Ce rêve a un rapport avec Théa, n'est-ce pas ? demande-t-il d'une voix qui se brise.

— Qu'est-ce que vous en pensez ?

— Mais pourquoi serait-elle dans les bras de ma mère ?

— Les images de nos rêves sont souvent des symboles, destinés à nous inspirer. Que raconte votre rêve ?

Arthur réfléchit. Il ne connaît pas les symboles et jusqu'ici, il n'avait jamais prêté attention à ses rêves. Malgré tout, il rejoue la scène pour tenter d'identifier le message qu'elle contient.

— L'histoire d'un enfant qui n'est pas aimé ? essaie-t-il.
— Et qui n'est pas aimé, selon vous ?
— Théa, murmure-t-il en s'effondrant. Théa et moi.

10

Lettre de Jill Vogue à sa fille Théa, datée du 4 août 2000

Ma Théa chérie,

Tes premières années me font l'effet d'une onde de choc merveilleuse. Bouleversant agréablement mes repères, elles m'apparaissent en une succession de moments joyeux qui donne sens à mon existence.
Ma rupture avec Barnabé a engendré une nouvelle configuration dans nos amitiés et je passe désormais la plus grande partie de mon temps avec Jane et Charlotte. Notre trio féminin a acquis ses règles, issues de nos sensibilités et de nos caractères. Nous avons grandi, franchissant les étapes presque au même rythme : fiançailles, mariages, grossesses et cette maternité qui nous lave de toutes nos certitudes. Peu importe les épreuves, nous avons le sentiment d'être indestructibles, car nous sommes trois. Trois pour se soutenir, trois à s'offenser contre une injustice, trois à puiser dans les ressources de chacune, ce bien commun de l'amitié.

Avec elles, je me sens protégée et cette sensation me transforme. Je deviens plus insouciante. J'ai enfin un toit et de l'affection et cette combinaison atténue ma vigilance excessive. Même mon corps gagne en douceur, délaissé par les raideurs. Avec le temps, les menaces d'une récidive de cancer se sont éloignées. J'en ai conclu que le prétendu risque pris en ne suivant pas les conseils d'Arthur n'en était pas un, que la vie m'avait donné raison.

Malgré ce bonheur, je garde quelques séquelles de ma vie d'avant. C'est le principe de la double peine des enfances difficiles. Enfant, on souffre de négligence, désamour ou maltraitance puis, une fois adulte, tel un effet de boomerang, on subit les résidus de ces blessures.

Hors de mon trio amical, je me sens peu armée face aux évidences qui semblent constituer la vie des autres. Ils évoluent dans ces rencontres quotidiennes, en ville, à l'école ou au supermarché, comme si elles ne pouvaient jamais les heurter.

Pour moi, c'est plus délicat.

Mon enfance m'a laissée avec une sensibilité exacerbée. J'ai connu le rejet et j'y suis devenue allergique. Alors, j'ai cette petite voix qui trop souvent s'agite et multiplie les conseils. Je me redresse, je tente de sourire, de choisir le bon mot, la bonne formule, si difficile pour moi, si facile pour les autres. Si, par malheur, je suis prise en faute, à tort ou à raison, la petite voix ne me laisse aucun répit. Elle ressasse l'épisode, l'analyse en quête d'indices, prête à édifier de nouvelles règles, m'enfermant chaque fois plus dans un carcan qui m'étouffe.

Rassure-toi, je ne te raconte pas tout cela pour me plaindre. Avec mes confidences, j'essaie plutôt de te préserver, ma belle Théa. T'inciter, en notre nom à toutes les deux, à agir différemment. Devant l'injustice, le jugement ou la froideur des autres, je veux t'encourager à ne pas toujours te remettre en question. Si c'était à refaire, si j'avais encore le temps d'apprendre, je réagirais autrement.

Au lieu de me blâmer, j'utiliserais mon énergie pour redoubler de douceur à mon égard. Plutôt que de m'interroger

inlassablement sur mes erreurs, avérées ou non, je me concentrerais sur ma vie, mes rêves, mes envies.
Bref, au lieu de m'effondrer, je me relèverais pour m'aimer.

Ta maman qui t'aime

11

Le 1er août 2014, 10 heures

Cabinet de la psychologue Augustina Lamberto

— J'AI REÇU UNE LETTRE, annonce Arthur en franchissant le seuil du cabinet d'Augustina. Ce matin, elle était là parmi les autres dans ma boîte aux lettres. Une lettre de Théa.

D'une main tremblante, Arthur lui montre l'enveloppe pour appuyer son propos. Au dos, le prénom de Théa est inscrit au crayon. Il arpente le cabinet d'un pas nerveux. Les yeux fixés sur ses pieds, il se répète.

— J'ai reçu une lettre de Théa. Vous imaginez ? Une lettre ! Comment peut-elle m'envoyer une lettre de là où elle est ?

— Vous voulez dire concrètement ? demande Augustina, aussi surprise que lui.

— Oui, une lettre parvient normalement à son destinataire en deux jours, comment a-t-elle fait pour que celle-ci arrive seulement maintenant ? Si je compte bien, cinq jours se sont déjà écoulés depuis qu'elle a sauté.

Il se tourne vers Augustina et s'immobilise enfin.

— Cela ne peut signifier que deux choses : soit elle est encore en vie, soit elle a un complice ! déclare Arthur. Ou bien, il s'agit d'une mauvaise blague et ce courrier n'a rien à voir avec Théa…

— On peut s'asseoir pour en parler ?

— Oui, répond-il en se dirigeant vers le fauteuil.

Augustina est toujours sidérée de découvrir la diversité des réactions face à un même événement. À sa place, elle aurait déjà déchiré l'enveloppe et les questions de délais postaux ne l'auraient même pas effleurée !

— L'avez-vous ouverte ? reprend-elle, même si la réponse lui semble évidente.

— Non, s'étonne Arthur.

Il retourne l'enveloppe dans ses mains comme s'il venait de découvrir qu'elle a un contenu.

— Non, je ne l'ai pas ouverte… répète-t-il en prenant soudain toute la mesure de la situation. Non… Décidément, je ne réagis jamais comme les autres.

— Peu importe, on ne naît pas pour ressembler aux autres ! s'empresse-t-elle de le rassurer. Sinon, la vie serait prodigieusement ennuyeuse.

Arthur tient toujours l'enveloppe dans les mains.

— Avez-vous envie de connaître son contenu ?

— Oui, bien entendu ! Je l'ouvre maintenant alors ? demande-t-il désemparé.

— Comme vous le souhaitez, répond Augustina en tentant de dissimuler sa curiosité.

— Je ne sais pas… C'est tellement bizarre… Cette lettre me fait peur, en réalité.

— Peur ?

— L'inconnu m'a toujours fait peur. Je ne suis pas adepte des surprises. Alors si l'inconnu prend la forme d'une lettre d'une personne disparue et qu'en plus cette personne est ma fille… Si vous l'ouvriez pour moi ? suggère Arthur en lui tendant le courrier.

— Je… commence-t-elle en fouillant dans sa mémoire en quête du cours de psychologie couvrant ce genre de situation. J'avoue que je suis un peu perdue moi aussi.

Augustina prend l'enveloppe et la soupèse, comme si une réponse pouvait surgir de ce geste.

— De toute façon, on ne saura jamais ce qu'il convient de faire ici. Alors, allons-y ! dit-elle en déchirant un côté de l'enveloppe.

La psychologue déplie une lettre manuscrite. Une écriture régulière couvre la moitié de la page. En haut à droite, une date : le 27 juillet 2014.

— Si vous le souhaitez, je peux vous laisser un instant, le temps de la lire ? propose-t-elle en lui tendant le courrier.

— Non, non, je n'y arriverai pas, répond Arthur. S'il vous plaît, lisez-la pour moi.

Augustina prend une profonde inspiration, comme si la lecture devait se faire en apnée. Dans sa main, la lettre tremble légèrement. Elle se redresse et commence cet exercice difficile.

Black, le 27 juillet 2014

Cher Papa,

J'ai beaucoup hésité à t'écrire.
Tant de fois cette année, j'ai essayé d'imaginer ta réaction après mon saut, dans ces heures qui s'étirent soudain à l'infini.
As-tu été en colère ? Certainement. T'es-tu replié encore davantage sur toi-même ? Nous connaissons tous les deux la réponse.
Et aujourd'hui, où en es-tu ? Est-ce que je te manque ? Le temps peut-il briser les carapaces les plus solides ?
Dans notre maison, j'ai toujours été de trop. Es-tu enfin tranquille ?
Si l'on pouvait réécrire notre histoire, maintenant que tu connais la vie sans moi, voudrais-tu ma naissance et notre vie sous un même toit ?

Théa

Augustina relit en silence cette dernière phrase qui alimente encore son trouble. Sa réflexion est interrompue par la voix d'Arthur.

— J'aurais dû prendre ce bébé dans mes bras ! s'exclame-t-il. J'aurais dû m'avancer et le prendre à sa mère, mais je n'ai pas osé.

— Quel bébé ?

— Théa ! Si je l'avais touchée, peut-être que tout aurait été différent. Pour elle. Pour moi aussi. Il y a toujours eu une si grande distance entre nous...

— Une distance ? répète Augustina.

— Dès le départ, j'ai eu une sorte de réflexe à son égard. Un... rejet. Dès toute petite, cette enfant m'a agacé. Pourtant quand j'y réfléchis, je ne parviens pas à identifier la cause ni l'origine...

— Et que répondriez-vous à sa question ?

Arthur détourne le regard et fixe un oiseau qui parcourt le gazon en quête de nourriture.

— De toute façon, qu'est-ce que ma réponse pourrait bien changer maintenant ?

12

Lettre de Jill Vogue à sa fille Théa, datée du 5 août 2000

Ma Théa chérie,

Il n'y a sans doute rien de pire que de contempler ce que nous sommes sur le point de perdre. D'avoir cette certitude qu'il n'y a plus que l'instant, que je ne peux prétendre à rien d'autre que te regarder, te toucher et puis te quitter.

Mais je ne veux pas penser à cela. Pas encore.

T'écrire est l'unique moyen que j'ai trouvé pour rester avec toi plus longtemps. Le seul aussi pour te confier tout ce qu'une mère aimerait transmettre à sa fille. Sans doute, un jour, souriras-tu en lisant ce qui suit, mais j'ai l'espoir que si je t'accompagne avec ces quelques lettres, peut-être éviteras-tu mes erreurs ? C'est le lot de toutes les mères, un vœu bien naïf mais auquel il m'est impossible de renoncer.

Parfois, je pense à ce temps d'avant, celui de l'insouciance, quand j'ignorais encore mon départ prochain. Seuls quelques mois me séparent de lui et pourtant, tout a changé

si radicalement que je peine à croire qu'il s'agit de la même existence.
Le changement le plus important semble ce diagnostic qui tombe et explose mon futur en mille morceaux. Pourtant, il en cache un autre, bien plus grand. Ma façon de concevoir la vie, la conscience qui habite désormais chacun de mes gestes, la fluidité de mes pensées qui ne s'attardent plus sur ce qui me nuit, comme si la vie qui allait bientôt m'être ôtée, rendait plus vivants les jours qui me restent.
Il y a un dernier point que je souhaiterais éclaircir. Mes lettres laissent un flou autour de mon cancer et je ne veux pas partir en te laissant avec des doutes. La science est bien imparfaite, aussi je ne peux que te livrer mon intuition. Ma conviction, devrais-je dire, tellement elle est profondément ancrée en moi.
Ce cancer n'a pas pris sa source dans ce choix que j'ai fait, celui d'un bébé plutôt que d'une opération.
Ton père se raconte peut-être ce genre d'histoire. J'ai souvent tenté d'aborder ce sujet sensible avec lui, sans succès. La souffrance nous pousse à inventer toutes sortes de stratagèmes pour exprimer colère et tristesse. Je ne voudrais pas que tu en subisses les raccourcis. Que par une logique contestable et erronée, il se dise que sans toi, j'aurais survécu.
La vérité est tellement différente. Sans toi, je n'aurais pas vécu du tout.

Ta maman

13

Le 2 août 2014, 12 heures

Cabinet de la psychologue Augustina Lamberto

— Avez-vous pu répondre à sa question ?

— À quelle question ? demande Arthur en se redressant.

— Je l'ai écrite à la volée, j'espère que mes notes sont fidèles à la lettre de votre fille : *Si l'on pouvait réécrire notre histoire, maintenant que tu connais la vie sans moi, voudrais-tu ma naissance et notre vie sous un même toit ?*

En un même geste, Arthur croise les jambes et les bras, se repliant sur lui-même. Il s'éclaircit la voix, puis tend les mains vers elle, implorant.

— Comment voulez-vous que je réponde à cela ? Quelle question ! Si je réponds oui, que vais-je pouvoir en faire ? Nourrir des regrets à l'infini ?

Arthur se lève et traverse le cabinet exigu, entamant des allers-retours d'un pas nerveux.

— Imaginez un peu ma vie, à ressasser celle de ma fille ? Depuis sa naissance, j'en ai été absent et cela s'est prolongé, même lorsque je suis devenu son unique parent. Répondre à cette question, c'est m'achever ! Et que pourrais-je faire de tous ces regrets ? Rien !

— Et si nous reprenions les choses depuis le début ? Votre fille mentionne sa naissance. Pourriez-vous m'éclairer ? demande prudemment Augustina.

Aujourd'hui, la psychologue porte une jupe turquoise qui lui évoque la couleur des volets sur les îles des Cyclades. Pourquoi songe-t-il toujours à leur lune de miel quand il est confronté à un moment difficile ? Depuis la mort de son épouse, Arthur s'est plongé tant de fois dans ce voyage avec elle. L'Italie, la Grèce et l'Espagne, un voyage d'un mois. À cette époque, il n'était question que de leur bonheur, de leurs projets pour la prochaine étape. Il fallait choisir un hôtel, un restaurant, inclure ou non un village dans leur périple. Tout était si incroyablement simple. C'était avant les résultats médicaux de Jill et tous les choix qu'ils entraîneraient dans leur sillage.

Il s'est promis de donner une chance à ces entretiens, alors il s'efforce de raconter son histoire. Pour la première fois, Arthur met des mots sur ce qu'il a toujours tu. Il confie son angoisse face à l'annonce du médecin, la peur irrationnelle qui le saisit nuit et jour, ses tentatives pour convaincre son épouse de subir cette opération radicale, le départ inopiné de celle-ci, son absence pendant plusieurs semaines et le choix qu'elle annonce. Une grossesse. Un enfant.

Lui qui n'était jamais parvenu à aimer personne, il s'était laissé aller à aimer cette femme-là. Maintenant qu'elle portait leur enfant, elle en mourrait certainement.

Pendant une heure, Arthur livre sa douleur et la trahison qui l'a éteint.

Son épouse lui avait préféré la maternité et un être à venir. Il ne valait pas plus qu'un amas de cellules, il ne valait presque rien. Sa mère le lui avait tant de fois répété. Pourtant, avec Jill, il avait espéré. Il lui avait fallu rassembler toute son énergie pour oser cette intimité et voilà qu'il était à nouveau abandonné. En l'absence de Jill, les semaines s'étaient étirées, le laissant seul à ressasser son chagrin, sa colère, son incompréhension.

Pourtant, à son retour, il n'avait rien dit. Il n'était pas de nature à s'épancher. Et puis, par où commencer ? Comment attaquer ce morceau énorme, composé du désamour de deux femmes, la mère puis l'épouse ? Un homme pouvait-il survivre à cette double trahison ?

En réalité, lui et Jill n'étaient pas vraiment proches avant la grossesse. Même si elle aurait volontiers parlé de solitude, lui décrit leur relation comme intime. Terriblement intime pour cet homme qui craint le contact.

Avec une mère aussi froide et lointaine, il n'avait jamais été question de peaux qui se touchent, ni de mains qui se tiennent. C'est avec Jill qu'il avait découvert cette sensation extraordinaire d'un autre tout contre soi. Sa mère ne l'avait pas battu ni maltraité. Elle ne l'avait juste jamais regardé, tenu, bercé, et l'absence de ces gestes avait façonné l'homme. Arthur n'avait pas su se construire autrement qu'en se repliant sur lui-même.

Si sa mère était à ses côtés aujourd'hui, aurait-elle, elle aussi, le courage de mettre à nu sa blessure ? Un enfant mort avant l'arrivée d'Arthur, une douleur indicible qui tarit toute source d'amour maternelle pour les enfants suivants.

Tel un flambeau, ils se transmettent la souffrance qu'ils ne peuvent transcender. Les existences se succèdent et nul ne peut s'en libérer. Ils se refilent cet héritage gangrené avant de poursuivre leur chemin, reproduisant à l'infini un triste destin.

Sauf que maintenant, Théa a sauté.

14

Le 3 août 2018, 10 heures

THÉA ÉMERGE d'un profond sommeil, loin du tissu de rêves décousus dont elle a l'habitude. Elle s'étire dans le grand lit blanc et se tourne vers l'homme allongé à ses côtés. Le drap ne le recouvre qu'à moitié. Sa respiration paisible mobilise son torse nu, seul mouvement de ce corps endormi. Elle profite de son repos pour le contempler. Son visage a perdu l'arrondi de l'enfance, ses épaules sont désormais larges et solides. Les traits sont ceux qu'elle a toujours connus et en même temps, ils paraissent différents. Elle s'attarde sur les détails qui l'émeuvent, le contour de ses lèvres, le grain de sa peau, ses mains à plat sur le drap blanc. Elle prend son temps car que peut-elle faire d'autre, finalement ? Elle doit tenir son engagement et patienter encore quelques heures.

Théa n'imaginait pas qu'il serait simple de se cacher, de ne plus appartenir, même pour quelques jours, au monde de certains. Pour eux, pour lui, elle a disparu. Si elle ne revenait pas, cette disparition serait confirmée et prendrait la forme d'un décès. Elle secoue la tête pour évacuer ces pensées. Si elle songe à son retour, l'angoisse l'envahit. Comment ne pas craindre la réaction de son père et de ceux qui ont été dupés, dommages collatéraux dans son terrible projet ? Pour échapper à ces images, elle prend une profonde inspiration et se concentre sur la raison de son geste.

Tant de fois ces derniers jours, elle a conçu ce film parfait, celui d'un père qui comprendrait. Elle sait bien qu'elle se ment, mais pour tenir, elle a besoin de se nourrir d'espoirs, d'une vision idyllique. Alors, une nouvelle fois, elle se rejoue leurs retrouvailles. Elle l'imagine ouvrir les bras, la serrer contre lui. Elle se demande si la sensation des bras de son père ressemble aux autres bras, à ceux de Barnabé ou de Madeleine. Elle se demande si son odeur correspond aux effluves d'après-rasage qu'elle perçoit certains matins ou s'il y a plus. Un parfum ? Une eau de Cologne ? Elle se sent idiote de ne pas savoir, de ne jamais avoir été tenue par lui, de n'y être jamais parvenue.

Elle se demande quels seront les premiers mots de son père, elle espère qu'il sera gentil. Elle rêve qu'il dise quelque chose comme *tu es le miracle que j'attendais*. Elle sourit en répétant mentalement cette phrase. C'est tellement mièvre et en même temps, c'est tout ce à quoi elle aspire. Même si elle sait bien que la réalité sera tout autre, elle reste convaincue qu'il fallait essayer et cette conviction la porte dans les dernières heures avant leur rencontre.

Lancelot remue les lèvres doucement. Elle s'approche de lui et d'une main parcourt lentement une ligne imaginaire sur son corps. Elle effleure sa joue, son menton, son cou, son torse et Lancelot, encore endormi, lui répond par des mouvements légers. Il ouvre les yeux et tend la main vers elle pour attirer son visage. Son baiser conjugue assurance et trouble, un mélange irrésistible qui emporte Théa loin de ses ruminations.

Il l'enlace, leurs peaux se touchent, se caressent. Cette intimité renouvelée la bouleverse à chaque fois, comme si son corps était incapable d'enregistrer ces sensations. Elle ne se lasse pas de sa main qui enveloppe la sienne, la porte à sa bouche. Elle désire encore une fois ses lèvres qui semblent partout, courant sur sa peau pour y déposer des baisers furtifs. Elle aime quand il s'interrompt un instant pour la regarder dans les yeux ou replacer une mèche derrière son oreille, un sens de l'éphémère qui l'attendrit. Quelques secondes plus tard, elle est allongée sur lui et la mèche vole à nouveau librement, tel un lien qui les unit.

Il n'avait pas été facile de convaincre Lancelot, au contraire de son père qui s'était rallié au projet presque immédiatement. Avec Lancelot, elle avait dû redoubler d'efforts, lui expliquer en détail pourquoi elle ne pouvait plus vivre comme cela. Était-ce une question d'âge, d'expérience ? Était-ce au souvenir de Jill que Barnabé avait consenti ?

Avec toute la candeur dont jouissent les enfants aimés, Lancelot lui avait opposé d'autres moyens, autant de solutions déjà éprouvées. Il avait multiplié les conseils, incapable de voir combien elle maîtrisait déjà le sujet. Au gré de leurs échanges, ils s'agaçaient, s'éloignaient même, lui qui ne pouvait pas l'aider et elle qui ne se sentait pas entendue. L'incompréhension était telle qu'elle avait eu envie de poursuivre sans lui.

Un soir, elle avait mis un terme au débat. Elle lui avait demandé de choisir : la soutenir sans comprendre ou ne plus intervenir dans son projet. Lancelot s'était étonné de cet ultimatum. Après un long silence, il s'était rangé à sa cause, par amour seulement.

— Je prends goût à être réveillé par toi, murmure Lancelot entre deux baisers.

Théa sourit.

— Merci de m'avoir tenu compagnie, dit-elle en le couvant des yeux.

— C'est toujours un plaisir, mademoiselle Vogue.

Lancelot l'enlace et roule sur le côté. Il s'attache maintenant à lui ôter ce qui lui reste de vêtements. Lentement, il fait glisser une bretelle, retire ses dessous tout en caressant ses fesses de leur tissu. Avec délice, il embrasse cette peau soudain nue. Il s’allonge sur elle, presse sa bouche contre la sienne et alors que leurs corps s’embrasent, elle lui souffle *merci.*

PARTIE VII

Le 27 juillet 2018
Quatre ans après l'envol

« Ma vie est mon seul enseignement. »
Gandhi

Légende de Black

Avant, il n'y avait rien.
Aujourd'hui, il y a tout. Nous avons tout.
Et ce tout contient une liberté infinie.
De rester ici ou de partir.
De naître, de grandir, de mourir.
De marcher longtemps, de s'arrêter, de pleurer, de crier, de rire aussi.
Si avec le temps, votre être s'est figé, le 27 juillet vous offre une opportunité.
Celle de naître à nouveau.

1

Le journal de Théa

JE NE DIRAIS PAS QUE MON PÈRE A ACCUEILLI mon retour avec facilité. Nous ne sommes pas dans un roman à l'eau de rose où les personnages se coulent dans une danse fluide et légère. Dans la vraie vie, on ne pardonne pas aisément un geste comme le mien.

Dans la vraie vie, ce père blessé, trahi par les femmes, m'observe les bras croisés, debout à quelques mètres de moi. Une part de lui lutte pour ne pas s'enfuir et les minutes s'écoulent, un temps nécessaire pour appréhender la présence de l'enfant disparue.

Chacun à notre tour, nous essayons de parler. Notre conversation évoque ces ruisseaux sinueux qui peuvent à tout moment se tarir. Nos mots laborieux, hésitants comme l'eau qui se fraye un chemin parmi les pierres. Ses mains tremblent chaque fois qu'il mentionne ma mère. Je n'avais pas compris à quel point il l'aimait.

Nous livrons chacun notre histoire avec nos moyens. Dans une langue carrée et involontairement incisive, il m'avoue combien la découverte de la grossesse l'a anéanti. Il voulait que son épouse vive et elle était désormais en péril. Pour un enfant. Pour moi.

Quand je lui ai demandé pourquoi il ne m'avait jamais rien dit, il a détourné la tête et j'ai songé que certains secrets doivent le rester.

Je voulais qu'il s'avance et me prenne dans ses bras.

J'imagine qu'avec mon saut, nous étions désormais à égalité, notre combat laissant à terre deux êtres blessés. Pourtant, je ne regrette rien. Même si notre relation est encore fragile, elle existe.

Le jour de mon retour, il ne m'a pas prise dans ses bras comme j'en rêvais. Il a tendu la main et c'était bien aussi.

Il avait l'air perdu, essoufflé, fatigué. Il m'a avoué vouloir être un père pour moi, mais ne pas savoir comment s'y prendre. L'ignorance n'est-elle pas la source des plus grands désamours ? Ne pas savoir et renoncer.

Peu importe, ces mots ont fait de moi son alliée. J'ai pris sa main et je lui ai répondu qu'on apprendrait.

2

Lettre de Jill Vogue à sa fille Théa, datée du 8 août 2000

CHÈRE THÉA,

Je t'écris, installée sur une chaise longue, à l'abri d'un parasol. Devant moi, tu barbottes dans la piscine avec les enfants de Jane et Charlotte. Je ne dirais pas que nous n'avons fait que cela depuis cinq ans mais si je devais choisir une seule image pour décrire ces années, ce serait celle-ci. Cet ensemble en mouvement dont l'équilibre n'est jamais acquis, ces silhouettes qui à peine allongées, se relèvent pour répondre à un besoin, secourir un enfant, gérer une énième dispute. Ces mains qui frôlent, touchent, réconfortent ou applaudissent un exploit.

Ces mains sans repos mais heureuses.

Nos discussions s'imposent là où elles peuvent, au milieu d'un silence rare ou par-delà les cris d'enfants dont nos oreilles blasées ne souffrent plus. Malgré ce brouhaha joyeux, nous persévérons à notre façon, par bribes, voire onomatopées. On perd le fil, on le retrouve quelques minutes plus tard, poursuivant le flot sinueux de nos échanges avec détermination.

Malgré nos encouragements, Charlotte est restée celle qui s'efface trop facilement. Elle n'est pas que cela, évidemment. Elle est aussi une femme forte et drôle. C'est à elle en premier lieu que j'ai confié l'annonce de ma mort prochaine, avant même d'en parler à mon mari. J'avais tellement peur de prononcer ces mots tout haut, comme si leur écho risquait de les rendre soudain réels, définitifs et qu'avec eux, je ne pourrais que m'effondrer. Avec Charlotte, j'ai eu le courage parce que je peux être juste moi et que désormais, c'est bien assez.

Aujourd'hui, plus rien n'est parfait et à la fois, tout l'est plus que jamais. Aucun de nos enfants n'obéit dans l'instant et pourtant tous s'épanouissent. Parfois, je t'observe et ce que je vois se mélange à des souvenirs plus anciens. Tu te sèches au soleil, enroulée dans ta serviette, et l'image de ton premier bain à la maternité surgit. Un saut dans l'eau évoque tes cascades de bébé maladroit, un élan soudain pour tenter de nager seule appelle toutes ces premières fois, le premier mot, le premier pas, le premier sourire. Je suis ici et là-bas, destin de toutes les mères.

Même si mon existence s'achève prématurément, une victoire me porte. Contre toute attente, je suis devenue cette mère qui rompt avec les héritages du passé, participant peut-être à l'émergence d'une lignée de femmes libres et heureuses.

C'est en tout cas le sens que j'ai trouvé à mon bref passage sur Terre. Celui qui me tient chaud à l'approche de mon départ.

Ta maman qui te remercie de l'avoir choisie de là-haut, ce lieu où tu aurais pu choisir n'importe laquelle d'entre nous

3

Le journal de Théa

C'EST À NOTRE PREMIER BAISER que je pense alors qu'ils s'agitent autour de moi.

« Poussez, poussez ! On voit sa tête ! »

Je suis ici et là-bas.

« Prenez une grande inspiration et on pousse une dernière fois. Dans un instant, vous la tiendrez dans vos bras. »

Ici, prête à accueillir mon enfant et là-bas avec tous ces coups de chance qui forment une histoire d'amour. Les images se succèdent et l'émotion grandit. Je revois ces après-midi sur la plage, ces soirées à danser et bientôt, lui qui marche à ma rencontre. Une nouvelle contraction arrive. Lancelot pose sa main sur la mienne. Je ferme les yeux pour fournir un dernier effort et le souvenir de ses lèvres que j'embrasse pour la première fois m'envahit.

Rien n'est plus émouvant que ce baiser dont la force précipite tout le reste, d'autres baisers, nos corps chauds collés, cet amour naissant, ce genou à terre et enfin, la somme de nous deux qui pousse son premier cri.

4

Le 27 juillet 2018, 10 heures

À Black, le saut de Théa n'a laissé personne indemne. En imposant aux habitants son lot de souffrance et d'espoir, il a initié un bouleversement. Pour cette petite communauté, le besoin d'affection ne pourra plus jamais être négligé.

Chaque vie sur Terre a son importance et laisse son empreinte. Celle de Théa prend déjà la forme de quelques phrases ajoutées à la fin d'une légende :

« *Avant, il n'y avait rien.*
Aujourd'hui, il y a tout. Nous avons tout.
Et ce tout contient une liberté infinie.
De rester ici ou de partir.
De naître, de grandir, de mourir.
De marcher longtemps, de s'arrêter, de pleurer, de crier, de rire aussi.
Si avec le temps, votre être s'est figé, le 27 juillet vous offre une opportunité.
Celle de naître à nouveau.

L'amour compte plus que tout.

Mais s'il vous plaît, ne sautez pas, demandez et demandez encore !

Un jour, quelqu'un vous entendra. »

Chaque 27 juillet, les habitants de Black découvrent ces quelques mots, produit d'un ajout ultérieur. Les parents racontent aux enfants l'envol de Théa Vogue et son besoin désespéré d'amour. Au-dessus des croissants s'élèvent les discussions autour de l'amour. Alors que certains enfants sourient et se retirent pour aller jouer, d'autres pleurent et confient enfin leur manque.

Il paraîtrait même qu'une bande d'hurluberlus a imaginé une nouvelle tradition.

Les soirs de grande marée, ils répètent ce saut insensé. Seulement, ils ne quittent pas la terre ferme en silence. En s'élançant dans le vide, ils crient le prénom de la personne dont ils rêvent d'être aimé.

Parfois, le vent porte leur écho.

Charlotte, Théa, Arthur, Augustina, Jane, Lancelot, Lloyd, Amélia, Madeleine, Joséphine, Jill, Barnabé…

Un corps s'élève dans le ciel étoilé puis plonge dans l'océan, donnant naissance à une nouvelle histoire d'amour.

Fin

AVERTISSEMENT

L'auteure n'encourage évidemment personne à sauter.

Il existe mille façons de créer, maintenir ou reconstruire un lien. Surtout ne sautez pas mais battez-vous, à votre manière, pour les relations qui comptent et qui vous font du bien.

N'est-ce pas notre destin de mortel ?

BANDE-SON POUR L'ÉCRITURE DE CE ROMAN

Jusqu'à l'overdose :

Let it go – James Bay
Meaning (choral version) – Cascadeur
Million reasons – Lady Gaga (surtout pour concevoir le prologue)
Et l'incroyable *The wind* – Cat Stevens

De manière plus modérée :

Ruby Love – Cat Stevens
Where do the children play? – Cat Stevens
Where is my mind – Maxence Cyrin (reprise des Pixies)
Wild world – Cat Stevens
I've been loving you too long – Otis Redding
Death with dignity – Sufjan Stevens
Life on Mars ? – Jasper Steverlinck & Kolacny Brothers (reprise de David Bowie)
Tiger Striped Sky – Roo Panes

All my days – Alexi Murdoch
Dream in blue – The Stray Birds
Top to toe – Fenne Lily
On the frame – Beta Radio
Heartbeats – José González
Talk to me – Yodelice
Retreat (feat. Natalie Prass) – Cocoon
Flash in the pan (feat. Charlotte Cardin) – Aliocha
Sunburn – Muse
Falling down – Muse
The night we met – Lord Huron
Falling Awake – Gary Jules
There's a hole in the sky – Gary Jules
Stay (feat. Mikky Ekko) – Rihanna
Time after time – Iron & Wine (reprise de Cindy Lauper)
Rivers – The tallest man on earth
Fête de trop – Eddy de Pretto
Un air de rien – Trois Cafés Gourmands
À nos souvenirs – Trois Cafés Gourmands

REMERCIEMENTS

Merci à la joyeuse équipe des éditions Charleston pour leur travail ! Ma gratitude à Caroline Obringer, Virginie Lancia, Églantine Gabarre, Mathieu Mazza, Alice Bercker, Aurélien Fleureau, Chantal Nicolas et tous les autres pour leur accompagnement et la magnifique mise en valeur de mes romans.

Merci à Hélène Bihèry, éditrice, qui a relu mon manuscrit avec beaucoup de soin et m'a communiqué ses suggestions avec une gentillesse infinie.

Merci à Clémence Seibel Poisson pour sa belle énergie dans la gestion des relations presse en France.

Je tiens à remercier tout particulièrement Danaé Tourrand, responsable éditoriale, pour son écoute, son enthousiasme et toutes ses belles idées qui m'ont ravie ! Quel cadeau de l'avoir comme alliée dans ma vie d'écrivain !

Au moment des remerciements, je penserai toujours à Karine Bailly de Robien qui m'a, la première, donné ma chance dans ce beau métier de romancière.

Merci à la brillante Sarah Altenloh qui gère de main de maître les relations presse pour la Belgique.

Merci aux experts qui ont contribué à ce roman par leur savoir. Depuis mon premier roman, le brillant docteur Sarah Swimberghe, gynécologue, vérifie la vraisemblance des passages médicaux et son expérience m'inspire même parfois pour enrichir mon scénario ! J'ai eu la chance de pouvoir débattre avec le très sage docteur Jacques Owieczka, psychiatre, du profil psychologique d'Arthur Vogue et de son évolution. Enfin, merci à mon plus jeune expert, Adrien Davreux, petit génie de 14 ans, qui a su poser les bonnes questions et me fournir des informations précieuses.

Un livre sans eux ne pourrait pas exister. En écrivant ces dernières lignes, je songe aux libraires qui portent mes romans tout au long de leur existence. Je pense avec émotion à Monique Jeanne Domme, Julie Vandamme, Frédérique Vallée, Nathalie Bockstal, Wendy Segers, Alexis Hordies, Élise Meeus, Fernanda Chiaparro, Marc Filipson, Aurélie Jayet et tous les autres qui me soutiennent depuis le départ.

Un immense merci aux blogueuses passionnées qui prennent le temps de lire et de mettre en valeur un roman, un cadeau inestimable pour l'auteure !

Je tenais à remercier de tout cœur la petite communauté réunie sur ma page Facebook et mon compte Instagram pour leurs nombreux encouragements, leur aide pour trouver musique, prénoms de personnages et leur contribution sur mes pitch et même parfois sur les projets de couverture !

Merci à ma sœur Clémence qui, comme pour chaque livre, relit mon manuscrit avec une attention impressionnante. Sa grande intelligence et sa bonté en font une alliée merveilleuse.

Enfin, merci à mon mari Benjy. Je crois qu'on naît au monde puis, plus tard, avec un peu de chance, on naît aussi à soi-même. C'est son amour tranquille et joyeux qui m'a offert cette seconde naissance et tous les romans qui en découlent...

DE LA MÊME AUTEURE

« Voici mon histoire. Elle aurait pu être si différente. Sans doute est-ce le réflexe facile d'une vie mature que de revisiter ses choix, d'oser les regarder pour ce qu'ils sont, autant de pas dans toutes les directions. Pourtant, je n'avais de cesse de marcher avec un but précis. À la minute de ma naissance, alors que je prenais ma première inspiration pour pousser ce cri puissant en quête d'air et de chaleur, mon destin était déjà tracé. Une chance m'était enlevée et le chronomètre lancé. Les lumières éblouissaient mes yeux s'ouvrant sur ce monde et il me restait si peu de temps pour réaliser mon rêve. »

L'épouse d'Archibald a disparu.
Mary s'interroge sur son désir d'enfant.
L'assurance du beau Jack est sur le point de vaciller.
Et la très discrète Adélaïde aura bientôt plus d'un secret.
Ils ont tous un point commun.
Oseront-ils faire ce choix qui changera leur destin ?

8,50 € • 368 pages

DÉCOUVREZ LES PREMIÈRES PAGES DÈS MAINTENANT !

Extrait offert

LE CHOIX D'UNE VIE

Prologue de Mary

Voici mon histoire. Elle aurait pu être si différente. Sans doute est-ce le réflexe facile d'une vie mature que de revisiter ses choix, d'oser les regarder pour ce qu'ils sont, autant de pas dans toutes les directions. Pourtant, je n'avais de cesse de marcher avec un but précis. Il semblait le même à chaque fois, mais s'est révélé sous des jours distincts. Je cherchais l'amour. Je cherchais une famille, ignorant que les dés seraient pipés dès le départ.

À la minute de ma naissance, alors que je prenais ma première inspiration pour pousser ce cri puissant en quête d'air et de chaleur, mon destin était déjà tracé. Une chance m'était enlevée et le chronomètre lancé. Les lumières éblouissaient mes yeux s'ouvrant sur ce monde et il me restait si peu de temps pour réaliser mon rêve. D'autres auraient le droit de s'égarer, voire de se tromper. Moi, je devrais connaître la voie et ne pas perdre une seconde en chemin. Une pression énorme pour ce nourrisson qui tentait maladroitement de happer le bout d'un sein.

Le désert s'étend autour de moi jusqu'aux mesas au loin. J'appuie sur l'accélérateur et le vent dans mes cheveux me donne à nouveau vingt ans. Je réajuste mes lunettes pour me protéger des nuages de poussière qui se soulèvent sur mon passage. La radio joue les premières notes d'*American Pie* de Don McLean et, en quelques secondes, la musique et la voiture semblent s'accorder, la vitesse de l'une s'unissant au rythme de l'autre.

Je me rappelle ce soir-là, quand il ne fallait pas une décapotable pour me donner vingt ans. Il était face à moi, dansant dans ce bar bondé. J'avais cette intuition que mon prochain pas déterminerait tous les autres et, malgré cela, je n'ai pas osé. Je me suis contentée de l'observer, ses mouvements, son corps souple, cette aisance qui en faisait un dieu. Et puis, j'ai renoncé. Il était trop beau, trop assuré et moi je tremblais à la seule idée de tendre la main vers lui. Aurait-il fallu plus d'amour ? M'accorder le droit d'essayer ? M'offrir le luxe d'échouer ? Certainement. Mais je n'ai pas voulu perdre la face. Alors j'ai tourné la tête et mon corps a suivi, laissant passer ma chance.

Et l'histoire n'en a été que plus belle.

PARTIE I

La vie est une somme de possibles et, chaque jour, nous tentons de cheminer vers le meilleur.

Vingt ans plus tôt
Février 1997 – Novembre 1997

1.

Mary

POUR ATTÉNUER MA PEINE, je me suis acheté cette peau de mouton qu'on jette négligemment au pied du lit. J'aspirais à plus de douceur et son pouvoir a opéré. Quand je m'éveille à l'aube, je pose immédiatement le pied au sol, peut-être pour me rappeler qu'elle est là, peut-être par instinct de survie. Elle a tout changé, au moins pour quelques instants.

Auparavant, lorsque mon corps s'animait, il n'y avait que cette pensée. *Je ne serai jamais maman.* Les plus beaux clichés de la maternité affluaient et je me répétais cette phrase terrible. *Je ne serai jamais maman.* Désormais, mon esprit se concentre sur la caresse et je gagne quelques secondes, parfois même une minute. Mes pieds sont accueillis et ce moelleux ralentit le processus inéluctable. Puis, je percute le sol dur et froid et la phrase revient. *Je ne serai jamais maman.* J'aurais pu être tant de mères, l'imparfaite, la mère poule, la bohême, la rigide ou l'étourdie, mais à tout juste vingt-cinq ans, cela m'est déjà enlevé.

Cette réalité est entrée dans ma vie une après-midi de janvier, dans le cabinet d'un spécialiste. Il l'énonce sans préambule, apparemment inconscient de l'impact de ses mots. Deux phrases suffisent pour anéantir mon existence, me précipitant dans un avenir dans lequel une opportunité manquerait définitivement. Il les prononce sans me regarder, gêné sans doute par la tournure que prendra cette journée d'hiver.

— Voilà, les résultats indiquent que votre réserve ovarienne est diminuée. Si vous ne concevez pas un enfant dans les huit mois à un an, vous avez peu de chances de pouvoir être mère un jour.

Une formule légère pour annoncer l'indicible. Je veux répondre que c'est impossible, qu'il doit se tromper de patiente. Moi, je suis celle qui a quelques bouffées de chaleur et des cycles irréguliers ! En quoi cela peut-il me rendre infertile ?

Mais au fond de moi, je sais qu'il a raison.

Cette sentence me rappelle une discussion avec ma mère, un souvenir enfoui jusqu'ici. Je la revois maintenant, assise à mes côtés près de l'âtre, une tasse de thé entre les mains. Je dois avoir treize ou quatorze ans.

Cette après-midi-là, nous avons marché longtemps dans la neige avec mon père et quelques amis. Ses joues sont encore rosies par le froid. J'admire ses traits délicats qui s'animent avec grâce. Plus tard, je voudrais ressembler à cette femme-là. Éternellement jeune. Éternellement engagée.

Elle pose sa main sur la mienne, comme elle a l'habitude de le faire pour capter mon attention, et s'approche pour éviter que les autres nous entendent depuis la cuisine. Elle me parle d'abord de la joie d'être mère, de son grand bonheur de m'avoir. Elle semble soudain hésitante, cherchant ses mots, marquant des pauses que seul comble le tortillement nerveux de ses mains. Elle m'explique que je ne suis pas enfant unique par choix, qu'après moi, elle n'a plus été capable de concevoir. Une sorte de ménopause précoce, me glisse-t-elle. Elle essuie une larme et ce geste fugace met un terme à une enfance insouciante.

Pour la première fois, ma mère est triste devant moi. Je découvre avec surprise que cet être joyeux et léger peut, elle aussi, avoir ses bagages, que la vie est plus que cet enchaînement de moments parfaits. Elle se penche vers moi pour m'embrasser sur le front et, avant que je puisse en savoir plus, se lève pour rejoindre les autres, croyant sans doute que nous aurons l'éternité pour poursuivre cette conversation.

Pour clore l'entretien, le spécialiste me pose une dernière question et, en réponse, j'ai ce rire nerveux. Un son que je ne connais pas, une sorte de gloussement en complet décalage avec ce cabinet aseptisé. En d'autres temps, j'aurais eu honte de cette tonalité rauque, si peu féminine, mais ici c'est son manque d'intelligence à lui qui prend toute la place.

Je me souviendrai toujours du ton qu'il a pris, m'indiquant qu'il m'accorde quelques secondes de son temps précieux pour partager sa science avec moi. Des syllabes hachées pour s'exprimer clairement, une intonation perchée pour compenser nos positions assises, d'égal à égal, alors que lui semble se considérer tout autre. Sa question provoque en moi des réactions bizarres.

Après le rire, une colère sourde prend possession de mes mains, j'ai envie de balayer les papiers sur son bureau, de le saisir par le col pour le plaquer contre ce tableau ignoble dont l'abstraction noie jusqu'au sens. Je rêverais de lui écraser les testicules pour lui rappeler combien on est peu de chose sur cette terre lorsque la douleur s'empare de nous. Je voudrais qu'il me rejoigne dans ma souffrance même si la sienne ne serait qu'éphémère. Qu'il puisse se représenter, ses précieux spermatozoïdes à l'étroit entre mes mains, cette perspective de ne jamais avoir d'enfant.

Au lieu de cela, je reste paralysée par la nouvelle. Et vissée sur ma chaise, je subis le pire. Il pose sa question une seconde fois et tout ce qu'elle contient de répugnant est magnifié.

— Est-ce que vous réalisez bien la situation ?

Est-ce que je comprends la situation ? Je rage de ne pouvoir articuler une phrase, même juste un mot, mais mes lèvres sont scellées par la tristesse qui m'habite désormais. Fait-on un jour le deuil d'un enfant, même non porté ?

Ce chagrin nouveau est comme une pierre posée sur mes genoux, m'immobilisant devant cet homme que je veux fuir. Je ne peux pas être celle dont les ovaires ne fonctionneront bientôt plus. C'est impossible !

Je suis en pleine révolte quand une phrase me sort de ma torpeur.

— Cela fera 65 euros, mademoiselle.

Il appuie sur les voyelles de ce dernier mot, le coupable qui fait de ces douze mois de fertilité une prison à perpétuité. Quel miracle faudrait-il pour que ma vie conjugue rencontre, amour et fécondité en une année seulement ? Ce « *mademoiselle* » décortiqué résume parfaitement cette dure réalité. Il est trop tard pour moi. À seulement vingt-cinq ans, j'ai échoué avant même de commencer.

Je ne serai jamais maman. C'est en comptant les billets pour rémunérer l'homme en blanc que la phrase s'est imposée pour la première fois. Au départ, elle a semblé presque douce, sans doute parce qu'elle contient ce mot touchant, celui de mon rêve. *Maman.* Un mot si fort qu'il efface la négation qui l'entoure. Le mot qui rassure au creux de la nuit, on le crie dans un cauchemar d'enfant et la tendresse arrive. *Maman.*

Et c'est ce mot qui m'a portée, me soulevant de mon siège pour quitter ce médecin, trouver la force de toucher la paume de sa main et puis courir vers ma liberté, désormais limitée.

Achevé d'imprimer en France
par CPI Bussière
À Saint-Amand-Montrond (18)
Dépôt légal : février 2019
N° d'impression : 2041572